그날
이후로

그날
이후로

인천작가회의 소설선집

삶창

차례

민원 있습니다

김경은

"공만 있으면 꿈은 이루어집니다!"

물론 이 문장이 이번 사달의 전부라고는 할 수 없었다. 다만 김만복 씨가 흥분하는 데 깊은 원인을 제공했다고 말할 수는 있다.

이번 사건으로 김만복 씨도 박애주 씨가 전담하는 민원인에 추가됐다. 민원 담당은 그녀의 일이 아니었지만 모든 관공서의 업무가 민원 해결이라는 점에서는 아니라고 할 수도 없었다. 출중한 실력의 적수를 방어하기 위한 마크맨이 스포츠계에만 필요한 것은 아니다. 전담이 필요할 정도로 김만복 씨는 섬세한 존재요, 이 바닥 민원계의 프로라면 프로였다. 전근 온 뒤로 박애주 씨는 도서관에 제기되는 각종 민원에 한동안 성실히 답해주었다. 출근한 그녀의 하루를 여는 일과가 된 지 어언 반년이 다 돼가고 있었다. 지금은 몇몇 민원인의 글에만 답글을 달고 있지만 〈질문&답변〉에 새로 올라온 글들을 훑어보는 것만은 빼먹지 않는다.

그날도 박애주 씨는 〈질문&답변〉을 열어보는 일로 하루를 시작했다. 박애주 씨는 출근해서 컴퓨터를 켜고 커피를 내리는 동안 화분에 물을 주었다. 진즉에 목질화가 진행된 벤쿠버제라늄은

보는 것만으로도 흐뭇했다. 마른 잎을 솎아내며 한 움큼 쥔 이파리들을 코에 갖다대 보았다. 알싸하고 상쾌한 향이 퍼졌다. 다음으로 호야. 호야에 물을 준 뒤 행여 떨어질세라 줄기를 받치고 이파리 뒷면을 세심히 살폈다. 길에서 한 포트 사온 호야 잎에 흰 가루가 껴 있는 걸 열흘 전 발견했더랬다. 없던 셈치고 답삭 내다 버리고 싶은 마음 컸지만 차마 그럴 수 없었다. 조심스레 이파리를 뒤적거리며 닦아내도 며칠 지나면 다시 끼곤 한다. 꼼꼼히 닦아준 뒤 잠시 바라보다가 박애주 씨는 율마로 옮겨갔다. 수분을 좋아하는 율마 잎에는 분무기를 대고 듬뿍 물을 뿌려준다. 드디어 커피가 내려지고 커피 향이 사무실에 퍼졌다. 한 잔 가득 따라서 자리에 앉는데 문이 열리며 조동미 씨가 들어왔다.

"커피 향 좋네요." 정적이 깨지며 사무실에 활기가 돌기 시작했다. "방금 내렸어, 한 잔 마셔." 박애주 씨는 스미는 향을 깊이 들이마시며 홈페이지를 열었다. 〈질문&답변〉을 클릭하고 올라온 제목들을 훑어갔다. 대체로 대출과 로그인, 행사 이용에 관련한 문의였다. 외에는 식당 주인의 불친절, 냉난방, 정수기 문제 따위가 주로 올라온다. 같은 이름의 작성자가 여러 차례 올라와 있을 때가 아니면 박애주 씨는 이제 이런 문제는 건너뛴다. 게시판 관리는 책임 담당자가 있어도 해당 민원에 관한 한 담당 직원이 답을 다는 것이 방침이었다. 원칙과 상관없이 박애주 씨는 몇몇 사안이나 이용자의 글에 답글을 달며 관리해오고 있었다. 박애주 씨는 크게 문제될 글이 없는 걸 확인하곤 다음 단계로 넘어갔다.

새 창을 띄운 박애주 씨의 눈에 국민신문고에서 전달된 글꽃도서관 불편신고 민원이 들어왔다. "인주시 시립도서관들이 너무나도 형편없이 운영되는 것에 화가 납니다"로 사연은 시작된다. 글을 읽어봐도 무슨 말인지 이해가 되지 않아 박애주 씨는 다시 내용을 되짚어보았다.

그러니까 이틀 전 민원인은 "축구공만 있으면 된다는 내용"의 문자메시지를 받았다. 도서관 홈페이지를 "파헤쳐"봐도 답을 찾을 수 없어서 "하루 종일 궁금증에 시달리다가" 문자메시지까지 보낸다. 그래도 아무런 답 문자를 받지 못하자 민원인은 가만 있을 수 없었다. 시 콜센터에 전화하고서야 글꽃도서관과 연결되어 담당자와 통화를 한 결과 민원인은 국민신문고에 글을 올리기로 결정한다. 막상 글꽃도서관 담당자와 통화하자 더욱 화가 났기 때문이다. 그의 말대로라면 그가 담당자에게 알아낸 정보라곤 "어린애들에 관련된 내용이라는 말뿐"이었으니 몹시 답답했을 것이다. 글쎄 그게 구체적으로 무슨 얘기인지는 민원인이 밝히지 않아 민원인의 글만 가지고는 박애주 씨도 파악할 수 없었다. 하여튼 민원인은 점심도 못 먹고 여기저기 알아보느라 화를 낼 힘도 없이 허탈해지고 말았단다.

여기까지 정리한 박애주 씨는 소리 내어 말하지 않을 수 없었다.

"축구공만 있으면 되는 프로그램이 뭐가 있지?"

"무슨 일인데요?"

"나도 이게 무슨 뜻인지 모르겠어. 우리 도서관에서 하는 프로그램이라는데⋯."

"아, 그거요?"

조동미 씨는 짧게 감탄사를 터뜨리더니 〈별별시네마〉 상영작

〈누구에게나 찬란한〉을 말하는 것 같다고 했다.

"그거 양소율 씨가 담당자예요, 과장님."

"공하고는 무슨 관련?"

"지역아동센터 아이들로 구성된 축구단 이야기라고 했던 거 같아요."

조동미 씨의 말을 들으며 박애주 씨는 민원 내용의 마지막 단락을 다시 읽었다.

글꽃도서관은 문체부 표창장까지 받은 도서관입니다.

나보고 민원을 넣지 말고 말로 하라는 시립도서관들을 대할 때마다 정말 나의 가슴에 담고 살아가기에는 너무나도 답답해서 이렇게 글을 올립니다.

말로 하면 들어주지 않는 도서관들. 하루하루가 정말 너무나도 힘든데 좀 더 양심적으로 일해주기를 바랍니다.

과열된 감정을 표출하느라 튀는 단어들이 자주 눈에 띄었다. '답답해서', '힘든데', '양심적으로' 같은 단어를 동원해서 자신의 삶을 말하고 상대의 윤리 의식을 지적하는 항의가 온당한지에 대해서는 보류해두기로 일찍이 박애주 씨는 원칙을 세워놓았다.

박애주 씨는 양소율 씨에게 연락을 하려다가 〈질문&답변〉 창을 다시 띄웠다. 이 시간이면 대개 직원들은 각자가 담당한 우선처리 업무를 점검한다. 양소율 씨도 국민신문고에 올라온 내용을 확인했을 것이다. 담당자보다 먼저 나설 일은 아니었으므로 박애주 씨는 조심스러웠다. '책에 낙서한 것'이라는 제목을 클릭해본다. 대출한 책에 어린 동생들이 잔뜩 그림을 그려놨다며 어떻게 해야 할지 묻고 있었다. 박애주 씨의 입가에는 옅은 웃음이 떠올랐다. 정보를 확인하지 않더라도 당황했을 이용자의 연령대가 훤히 짐작되었던 것이다. 박애주 씨는 걱정으로 악몽까지 꿨다는 이용자를 위해 답글을 써 내려갔다.

낙서가 심각하다면 변상을 해주셔야 합니다. 그 책을 볼 다른 사람들을 위해서입니다. 낙서의 정도가 심하지 않다면 책을 그냥 돌려받습니다만

박애주 씨는 "님의 경우는 님의 양심에 맡기는 수밖에 없습니다"라고 자판을 두드려 넣었다가는 곧 지워버렸다. 먼저 물어온 이용자에게 '양심'을 들어 말하는 것은 무례한 일이라고 판단한 것이다. 대신 "책 상태를 보고 말씀드리겠습니다. 오늘부터는 악몽에서 벗어날 수 있을 겁니다"라는 말로 마무리했다.

처음 글꽃도서관에 출근해서 〈질문&답변〉을 둘러보았을 때 박애주 씨는 뭔가 잘못 돌아가고 있다고 직감했다. 열람실이 시끄럽다고 때로는 하소연하고 때로는 항의하는 이용자들의 글이 자주 올라오는 것은 문제가 있다. 여름에 덥다, 겨울에 춥다는 불평과는 성격이 다른 문제였다. 도서관 아닌가? 게시판에서 말한 대로라면 글꽃도서관은 소란스러우면서 고압적인 분위기였다. 글꽃도서관은 도시 변두리에 위치한 작은 규모의 공공시설이었다. 이런 도서관의 열람실 분위기는 직원들의 분위기를 닮을 때가 많다.

도서관 사서들은 자칭 백조다. 문헌 정보를 다루는 사서 업무

는 그다지 정적이지 않다는 의미다. 겉으로는 고요하지만 물밑으로 쉴 새 없이 발을 젓는 백조처럼 일에 쫓기며 동동거려야만 도서관은 겨우 돌아간다. 그 스트레스가 이용자들에게 전달되니 이용자들은 이용자들대로 게시판에 감정을 드러내고 있는 것이다. 그들이 지적하는 가장 큰 문제는 직원들의 태도였다. 게시판에 '왜 무시 하나요?' 같은 제목이 올라오면 과정이야 어찌됐든 이용자들이 도서관에 불만이 많다는 증거였다. 불친절과 직무 태만, 나이 어린 이용자들에게 하대하는 태도는 어떤 말로도 변명이 되지 않는다. 아무튼 직원들은 생기 없고 열람실이 소란스러운 것만은 틀림없는 사실이었다.

당시 박애주 씨 뇌리에 새겨진 심각한 글은 '거짓말로 답변주신 관리자님께'라는 제목으로 시작된다. "… 내용이 어이없네요. 다시 말하지만 13일 오후 2시쯤에 대출 카운터는 비어 있었고요 (제가 1시 반에 점심을 먹기 때문에 시간까지 기억함), 정확하게 안내해주었다고 하셨는데 저는 그런 안내를 받은 적이 없어요." 상황을 구체적으로 적시한 이용자의 글에 "… 또한 저희 도서관에서는 대출 카운터를 비우지 않았으며, 지속적으로 대출 카운터의 공백이 발생하지 않도록 서비스할 예정입니다" 같은 답글을 다는 것은 누가 보더라도 잘못된 자세였다. "비우지 않았으며… 비우지 않겠다"는 요지의 말은 결국 "비우지 않았지만 비우지 않겠다"는 어처구니없는 의미가 되고 만다. 답변자는 하나 마나 한 말을 달아 이용자를 화나게 하고는 아무런 문제의식이 없는 것이다. 딴생각을 하는 직원들은 딴생각에 골몰하는 이용자를 불러들이기 마련이다. 그 결과 열람실은 시끄럽고 게시판은 아우성이었다.

"과장님께서 왜 저랑 점심을 드시려는지 알아요."

테이블에 앉자마자 양소율 씨가 박애주 씨에게 던진 말이었다. 밀가루 음식을 좋아한다는 양소율 씨를 데리고 박애주 씨는 분식집으로 갔다. 요즘 많이 바빠요, 별 어려움은 없고요? 박애주 씨는 그런 얘기 먼저 건넬 참이었다.

"아유, 숨차게스리 배고픈데 음식부터 시키자."

눈치 빠른 양소율 씨의 말에 장단 맞출 생각이 없어서 박애주 씨는 다른 말을 해버렸다. 그럼 저는 우동요, 하는 양소율 씨를 따라 박애주 씨도 우동을 시켰다. 떡볶이 하나 더 시킬까요? 묻더니 양소율 씨는 추가 주문을 했다.

"일주일에 두세 번은 떡볶이를 먹더라구요, 제가."

양소율 씨는 매운 음식과 스트레스의 상관관계를 얘기하다가 〈별별시네마〉를 꾸려가며 겪는 어려움으로 넘어갔다.

"이 바닥에도 '쇼핑카트'라는 게 있잖아요."

양소율 씨의 어휘 선택에 박애주 씨는 그녀의 성격을 짐작해보며 잠자코 다음 말을 기다렸다. 민원인이나 양소율 씨나 다들 튀는 단어를 즐겨 쓰고 있었다. 기대한 반응이 나오지 않아서였을까? 박애주 씨의 무심한 눈빛에 잠시 실망하는 표정을 짓던 양소율 씨가 "쇼핑카트는요…" 설명을 했다.

도서관이나 문화센터, 주민센터 홈페이지를 순례하며 마음에 드는 교육프로그램이나 강연을 확인하는 것을 '쇼핑'이라고, 점찍어두는 것을 '카트'에 담아놓는다고 말한다. 남들보다 부지런하고 계획적이지 않으면 인기 있는 프로그램은 근처에 가보기도 전에 품절돼버린다. 당연하지만 몰리는 프로그램에만 신청자가 몰리는 법이다. 양소율 씨 표현대로라면 "그 지점이 바로 빈익빈 부익부, 이 바닥의 독과점 현상을 헤쳐나갈 실무자의 애환"이었다.

"뭐, 영화를 공짜로 보여준다니 신청자가 많을 것 같죠? 아참, 과장님도 아시겠구나. 이 도서관 저 센터에 비슷한 프로그램들이 주렁주렁 널려 있다 보니 한정된 이용자를 서로서로 찢어갈 수밖에 없으니까…."

요는 〈별별시네마〉는 다양성 영화라서 관객 끌어모으는 데 어려움이 많다는 것이다. 제작 의도와 메시지는 훌륭하고 다 보고 나면 감동의 '쓰나미'가 덮쳐오지만 그렇게 만들기까지 사람들을 "닥닥 어떻게 긁어모을 것이냐"로 머리를 짜내느라 양소율 씨는 골머리를 썩였다.

"물론 드물게는 작품성 따져서 찾아오는 사람도 있지만요. 제가 맡은 홍보의 성질이란 '그들이 펄 속의 진주를 알아보기까지'에 대한 방법의 고민인 거죠."

양소율 씨는 힘주어 말했다. "대중성이 아니라면 대중 동원이라도!" 가볍게 쥐어 보이는 주먹에서 "흡"하며 감탄부호가 튀어나올 것만 같아 박애주 씨는 저도 모르게 집중했다.

"모월 모일 19시 영화 상영 안내! 이런 식상한 문구는 정말 아닌 거죠."

그래서 양소율 씨는 조금이나마 색다른 방법으로 홍보하고 싶었던 것이다.

"과장님 혹시 이런 문구 들어보셨어요? '지금 들어오는 저 열차! 여기서 뛰어도 못 탑니다. 제가 해봤어요'."

박애주 씨가 소리 내어 웃자 양소율 씨의 얼굴은 다소 느긋한 표정으로 바뀌었다.

"이 무슨 뚱딴지 감자에 노랑꽃 피는 소리냐 하시겠지만 뚱딴지 감자에는 정말 노란색 꽃이 피구요, 20미터 가까이 파내려간 에스컬레이터에서 허구한 날 사고가 일어나니 전철역 직원들은 얼마나 고심했겠어요. '사고다발 지역이니 에스컬레이터에서는 절대 뛰어서는 안 됩니다' 이런 평면적인 말 백날 읊조린다고 해 보세요. 사람들이 쳐다나 보겠어요? 저도 그런 내러티브가 있는 올록볼록한 문장으로 사람들에게 다가가고 싶었답니다."

'김만복 씨'라고 했다. 양소율 씨는 한숨을 쉬며 "그 어르신이 그만 제 창의성 넘치고 성의 만발한 글을 못 알아들으셨다니 유감이지만요."

박애주 씨는 그 시점쯤에서 양소율 씨에게 좋은 감정이 싹트기 시작했다. 일에 열정이 있는 사람이다. 근무실과 일이 달라 그 동안은 서로 얘기해볼 기회가 별로 없었지만 박애주 씨가 보기에 양소율 씨는 그런 사람이었다. 박애주 씨는 문헌정보과, 양소율 씨는 문화사업팀이었다.

"아무리 그래도 내용이 뭔지는 알아볼 수 있게 홍보해야지."

대상이 미처 못 따라잡는 양소율 씨의 감성을 좀 깎아내주고 싶은 마음에 박애주 씨는 지적하지 않을 수 없었다.

"제 말이요."

양소율 씨는 손가락으로 자신을 가리키며 동감한다는 말을 그런 식으로 드러냈다.

"제가 별별 민원을 다 겪어보았지만 그런 민원을 받을 줄은 꿈에도 몰랐거든요. 그 어르신이 그 문자를 받으시고 영화 홍보라는 걸 이해 못하실 줄이야."

"너무 튀는 표현을 쓰면 연세 있는 분들 멀미하시지. 사실을 전달하는 문장으로 조금만 건조하게 해봐."

하긴 "유소년 축구단 아이들이 들려줄 '공'으로 만든 6년 세월, 각본 없는 드라마!" 이런 문장을 못 알아본 것을 양소율 씨의 잘못이라고만 할 수는 없었다. "현란한 문장에 사실이 묻힐 수도 있잖아. 연세 많으신 분이라 양소율 씨 말투에 적응이 안 되는 거야." 딴에는 조심스레 조언한다고 말을 꺼냈는데 양소율 씨는 대수롭지 않다는 투로 박애주 씨의 말을 받았다.

"사실 그게 다 외로움 때문이라구요."

박애주 씨가 눈을 크게 뜨고 쳐다보자 양소율 씨는 다시 말했다.

"그게 아니면 뭐겠어요? 김만복 씨 말이에요."

동의를 구하는 양소율 씨의 눈빛에 박애주 씨는 정색을 했다.

"남의 일이라고 그런 식으로 막 던지는 거 아니야."

아이디어와 열의만큼이나 튀는 말투에 제동을 걸 의도로 박애주 씨는 말했다.

"그냥 드리는 말씀이 아니에요. 그분이 인터넷 세계 입문을 좀 잘못하셨거든요."

김만복 씨는 글꽃도서관에서 컴퓨터와 인터넷을 배운 지 일 년 남짓되었다. 강사는 이메일 계정을 만들고 글을 써서 보내는 법까지 강의 시간에 시범을 보였다. '어르신을 위한 강좌'에서 절대 잊지 말아야 할 것은 속도였다. 강사는 자리마다 돌아다니며 일일이 확인하고 또 확인하고 다시 점검하면서 한 사람 한 사람의 메일 주소를 만들어주었다. 또 다른 날에는 커뮤니티 소통을 위해 인터넷 공간을 만들고 가입과 글 쓰고 올리기, 댓글 달기도 연습시켰다.

강사가 글꽃도서관 홈페이지를 열어 회원 가입과 게시판에 글 올리기를 실행시킨 것은 순전한 선의에서 비롯한 일이었다. 강사는 강좌 주최 기관인 글꽃도서관에 도움이 되려니 다만 그렇게만 생각했다. 도서관과 원활히 소통하고 활발히 이용하는 일만큼 도서관에 보탬이 되는 일이 또 있겠는가. 그것은 이용자에게도 좋은 일이었다. 이것이 시작이었다. 김만복 씨는 강의실 동료들과의 소통 공간만으로는 성에 차지 않았다. 글꽃도서관 홈페이지뿐 아니라 공공기관의 홈페이지란 홈페이지까지 모두 섭렵해나갔다. 열심히 복습하며 새로운 세계를 개척해나간 것이다. 김만복 씨는 디지털 시대의 민원에 맛 들리고 말았다.

"그야말로 신세계를 만나신 거죠."

박애주 씨는 단숨에 말하는 양소율 씨의 그 태도가 마음에 걸렸다.

"외롭지 않은 사람이 어딨겠어? 그렇게 일반적인 진단과 근거로는 아무런 해답도 얻을 수 없어. 그래가지고서야 김만복 씨가 어떤 마음으로 글을 썼는지 파악할 수도 없고…." 박애주 씨는 잠깐 숨을 고른 뒤 말했다. "가장 큰 문제는, 이런 말해서 뭣하지만 양소율 씨에게는 문제를 파악하려는 의지가 없어 보인다는 거야."

이렇게 해서 박애주 씨는 당분간 김만복 씨의 글도 관리하게 되었다.

김만복 씨는 도서관에서 개설하는 프로그램이면 프로그램, 강연이면 강연, 어느 하나 그냥 넘어가는 법이 없었다. 양소율 씨 말대로 민원은 김만복 씨의 습관인 듯했다. 김만복 씨를 비롯해 도서관에 올리는 민원인들의 그런 상습 민원을 반복해서 읽다 보면 이제 그만 멈춰달라고 민원이라도 넣고 싶은 심정이었다. 그렇다고 이 일이 소모적인 일이라고만 할 수는 없었다. 박애주 씨가 민원 답글을 다는 이유가 외부의 민원인만을 겨냥한 것은 아니었다. 본의 아니게 김만복 씨는 박애주 씨를 도와주고 있었다. 최근 들어 전 직원이 자신의 업무와 관련한 민원 글에 신경 쓰게 된 것은 박애주 씨의 지속적 간섭에 힘입은 바 컸다.

"아 참, 이분 되게 웃기시네요." 조동미 씨가 기막혀하며 "과장님, 김만복 씨 말이에요, '즐거운 하루 되세요' 이런 말 쓰지 말라네요. 하 참나…" 하고는 다음 말을 잇지 못했다. 흥분한 조동미 씨를 보며 박애주 씨는 〈질문&답변〉란을 클릭하고는 읽어 내려갔다.

… 첫째, 2965번 글의 답변을 보면, 질문과 상관없는 답변을 하고 있군요. 옳은 답변은 '반납 후 바로 재대출은 안 됩니다'로 여겨집니다. 이용자들이 오해할 수 있는 답변입니다. 둘째, 답변 시 담당자의 이름을 밝혀주십시오. 2965번의 답변 글과 같이 불성실한 답변이 줄어들 것입니다. 셋째, 답변 시에는 맞춤법을 준수해 주십시오. '불편해요'로 검색하면 뜨는 첫 글의 답변을 봅시다. '오늘도 즐거운 하루 되세요' 하는 표현을 썼습니다. 어법에 틀린 표현입니다. 근거를 제시하고 싶은데, '붙이기'가 안 되는군요. '국립국어원'에서 검색하면 나옵니다. 마지막으로 〈질문&답변〉란의 복사와 붙이기

막은 걸 풀어주십시오. 이유는 굳이 말하지 않아도 아실 겁니다.

김만복 씨는 민원을 하는 것만으로는 모자라 이제 민원에 달아놓은 답글에까지 간섭하고 있었다. "맞는 말했구먼…." 박애주 씨는 국립국어원 사이트를 검색하며 말했다. 국립국어원에 의하면 '오늘도 즐거운 하루 보내시길 바랍니다'가 바른 표현이었다.

조동미 씨는 뜻밖이라는 표정으로 달과 달을 가리키는 손가락을 들먹이고는 볼멘소리를 했다.

"상대방 기죽이려고 꼭 이런 식으로 맞춤법, 비문 지적하는 게 이런 분들의 특기인 거 아시잖아요."

"조동미 씨도 손가락만 보지 말고 달을 보라구."

박애주 씨는 김만복 씨가 올린 글의 풍부한 함의를 가늠하느라 나직한 목소리로 말했다. 김만복 씨의 이번 글은 민원 이상의 민원이었다. 박애주 씨는 동료들이 자신의 뒤에서 뭐라고 쑥덕거리는지 들은 적 있다. 그 때문에 화장실에서 나오려다가 도로 문을 닫고 변기 위에 한참을 앉아 있어야 했다. 다른 사람 못 믿고 일이란 일은 혼자서 도맡아 하는 일중독자야. 뭐 같이 일하면 편하겠네. 그럴 것 같지? 당해봐. 안절부절 바늘방석이 따로 없어. 새로운 일을 끝도 없이 만들어낸다구. 노는 꼴을 못 보는군? 아무튼 겪어봐. 죽을 맛이야. 그 안에는 조동미 씨도 섞여 있었다.

업무에 치여 죽겠는데 봉사는 얼어 죽을. 직원이나 좀 더 늘려주든가. 열정 페이 정말 끔찍하다고. 어머, 아무도 없지? 모처럼 진상 이용자들 뒷담화 깠다가 우리 좀 곤란했어? 하 맞아, 그때 게시판에 올라오는 바람에. 조심해야지. 그 말을 듣는 순간 박애주 씨는 주변을 둘러보다가 그만 얼굴이 확 붉어지고 말았다. 잘났어, 정말. 손뼉을 치며 맞장구치고 웃는 소리에 화장실이 다 들썩거렸다. 집에 가면 딱히 할 일 없는 사람들이 직장 일에 집착하더라. 그렇게 밤낮없이 일하는데 왜 관장이 못됐나 몰라, 나이가 적은 것도 아니고.

그들 사이에 가로놓인 가림막이 날아가버릴 것만 같아 박애주 씨는 마음까지 조마조마했다. 저도 모르게 문고리를 움켜쥔 손에는 잔뜩 힘이 들어갔다. 그들은 다른 사람의 신상이라고 아무렇게나 말하고 있었다. 박애주 씨는 그 뒤로 될수록 조용히 계기를 잡아 일을 진행했다. 김만복 씨의 민원 글은 바로 그런 계기가 되어주었다.

박애주 씨는 김만복 씨가 올린 글을 제시하며 '실명 답변' 안건을 회의 시간에 발의했고 관장의 실행 결재가 떨어졌다. 툴툴거리는 직원들의 항의가 꼭뒤에 박히는 기분이었지만 박애주 씨는 크게 상관하지 않았다. 그보다는 바뀐 답변 방침을 김만복 씨의 글 밑에 달자니 문득 김만복 씨가 궁금해지는 것이었다. 그 뒤 한 번 글이 올라온 뒤로 김만복 씨의 민원 글은 한동안 보이지 않았다.

골목길에 가로등 전구를 갈아주십시오. 내용도 여느 때와는 달리 짧게 한 줄에 그쳐 무슨 암호처럼 느껴졌다.

박애주 씨는 자주 〈질문&답변〉란을 들락거렸다. 매일이다시피 보이던 이름이 게시판에서 사라지자 불안한 심리마저 발동했다. 혹시 무슨 일이 생긴 거 아닐까? 복도에서 만난 양소율 씨에게 근황을 물어보기까지 했다.

"그러게요, 잠잠하네요." 같이 걱정하던 양소율 씨가 어조를 바꿔 말했다. "에이 별일 없을 거예요. 모레 강연에 참석하신다에 전 오백 원 걸어요."

"무슨 소리야?" 양소율 씨 특유의 가벼움에 이끌려 박애주 씨의 목소리도 저절로 명랑하게 터져 나왔다. "만 원 빵 하자." 두 사람은 서로의 얼굴을 보며 한참을 웃다가 헤어졌다.

김만복 씨의 민원이 올라온 다음 날, 박애주 씨는 늦게 퇴근하게 되어 일부러 골목길을 지나가보았다. 어둠침침한 그 길에는 콘크리트가 파이면서 움푹 들어간 곳이 있었다. 자칫 넘어지기 십상이었다. 상태를 확인한 박애주 씨는 다음 날 바로 조치하고는 답글로 김만복 씨에게 이 사실을 알렸다.

과연 김만복 씨는 양소율 씨의 말대로 강연을 들으러 왔다. 〈인문고전 강연〉 시리즈는 박애주 씨도 벼르던 터라 퇴근을 미뤘다. 박애주 씨가 김만복 씨의 존재를 알아본 것은 강의 후반에 뒷좌석이 소란해지면서였다. 인근 중학교의 학생 열맷 명이 항상 청중석에 끼어 있었다. 봉사활동을 위해 앉아 있는 학생들이었다. 강연을 듣는 것이 누구를 위한 봉사인지는 모르겠지만 참석하면 점수가 인정되었다. 내용보다는 잿밥에 낚여 자리를 지키는 학생들은 종종 강연 분위기를 흐려놓았다.

주의를 받으면 견딘다고 시간을 견디긴 해도 학생들의 자세는 점차 무너지기 마련이다. 그렇다고 강연마다 빈 좌석을 채워주는 그들을 못 오게 할 수도 없었다. 듣다보면 어떤 식으로든 도움이 될 수 있는 기회를 빼앗아버려서도 안 되는 일이다. 이런저런 복잡한 내막으로 강연 시간에 봉사활동 중인 학생들을 참아 넘기지 못하고 김만복 씨가 꾸짖은 것이다. 떠드는 학생들의 얼굴은 매번 바뀌지만 김만복 씨 입장에서는 '번번이 떠드는 학생들'이었다. 그가 김만복 씨라는 사실은 뒤늦게 나타난 양소율 씨의 눈짓으로 알게 되었다.

"학생들은 공중도덕도 모르나? 아무리 철부지라도 그렇지 이게 얼마나 귀한 시간인 줄도 모르고 그렇게 예의 없이 까불고들 있어, 그래? 그럴 거면 뭐하러 와가지고 시간 낭비야, 시간 낭비가. 씨바라고 했나? 말끝마다 붙는 욕설까지 아주 들어줄 수가 없어요."

정작 강의를 중단시킨 것은 딴청하며 떠들던 학생들이 아니라 김만복 씨였다. 말을 할 때마다 깁스한 그의 오른팔이 허공으로 떠올랐다. 김만복 씨의 목소리가 커지자 강사가 어색하게 웃으며 말을 멈췄다.

"네, 저는 지방방송을 존중합니다. 제가 쉬는 시간을 안 드려서 다들 지루하셨나 봅니다. 잠시 쉬었다 하겠습니다."

일순 굳어졌던 강연장 분위기가 풀어지며 몸을 푸는 사람들, 화장실 가는 사람들이 자리에서 일어섰다. 박애주 씨도 일어나서 강사에게 목례하고는 뒷자리로 갔다. 박애주 씨는 학생들을 사과시켰고 다시 시작된 강연은 무사히 끝났다.

박애주 씨는 출입문 앞에 서 있다가 김만복 씨에게 인사한 뒤 "그 손은 어떻게 다치신 거예요?" 혹시나 해서 묻지 않을 수 없었다.

"밤길에 그만 넘어졌지 뭡니까. 넘어져도 꼭 고약한 자리에서 넘어지느라….”

박애주 씨의 예상대로였다. 어둑신한 골목, 하필 콘크리트가 파인 길이 원인이었다. 박애주 씨는 자신의 불찰인 것만 같아 김만복 씨 얼굴 보기가 민망했다.

“그 길이 다니기에 이래저래 좀 험하죠? 구청에 얘기해서 깨진 시멘트 보수해달라고 해놨어요. 불편하셔도 며칠만 참으세요.”

김만복 씨는 박애주 씨가 답변한 글을 봤다며 고맙다고 말했다. 민원 글을 올릴 때와는 다르게 말수가 많지 않았다.

“어르신 덕분에 저희들의 부족한 점과 도서관의 빈틈을 발견하고 개선해나가고 있습니다.”

다시 고맙다고 말하는 김만복 씨는 강의 시간에 아이들을 꾸짖던 기세와는 사뭇 멀었다. 그렇다고 예상치 못한 호의에 누그러진 것 같지는 않았다. 어쩐지 초조해 보이기도 지쳐 보이기도 하는 표정이 얼굴에 역력했다. 박애주 씨는 양소율 씨가 한 말이 생각나서 저도 모르게 김만복 씨를 뜯어보고 있었다. ‘답답해서’, ‘힘든데’, ‘양심적으로’ 같은 단어들이 갑자기 김만복 씨의 얼굴로 자막처럼 흘러가며 튀기는 영상이 펼쳐지자 박애주 씨는 고개를 저었다. 박애주 씨는 더는 참지 못하고 이렇게 말해버렸다.

“연세가 들수록 외로움에서 벗어날 취미 시간을 많이 만드셔야 해요.”

김만복 씨는 대답 대신 박애주 씨를 잠깐 쳐다보다가는 “글쎄요…” 말을 다 맺지 못하고 자리를 떴다. 깁스한 팔을 가슴에 고정시킨 김만복 씨는 균형을 잃은 자세로 위태위태하게 걸어갔다.

열흘쯤 지났을까? 김만복 씨의 글이 〈질문&답변〉에 올라와 있었다. 박애주 씨는 괜한 말을 던졌나 싶어 마음 쓰이던지라 그 이름이 반가웠다. 그동안 못 올린 민원을 벌충하려는 의도인지는 몰라도 빽빽하게 채워져 있었다.

선생께서 그날 언급한 외로움 때문이라면 저는 그렇게까지 민원 글을 쓰지는 않았을 겁니다. 그간 오른팔을 깁스하는 바람에 민원할 일이 생겨도 못했던 것이 사실입니다. 그것과는 별개의 문제지만 제가 팔을 다친 이유가 골목길의 가로등 때문은 아니었다는 점을 밝히기 위해 이렇게 글을 쓰고 있습니다.

김만복 씨의 글은 그렇게 시작되었다.

그가 그 골목길에서 넘어진 것은 이번이 처음은 아니었다. "비슷한 연배끼리 모이면 주로 술을 마시고 배드민턴도 치며 시간을 보내지요. 아주 이따금은 말놀이란 것을 했습니다. 늙다리들이 주책이라고 할지 모르겠으나 시간을 죽이며 노는 데는 애나 어른이나 큰 차이가 없지요." 김만복 씨는 그들의 말놀이가 멋쩍었는지 길게 부연해놓았다.

"어언 일 년이 다 돼 가는군요." 하루는 기분이 착 가라앉아 뭘 해도 흥이 나지 않았단다. 같이 어울리는 멤버 중 한 사람이 저녁을 사던 날이기도 했다. 중간에 멤버의 아들 며느리가 와서 인사를 하더니 식사 값을 지불하고 간 뒤부터였다. 그 며칠 전 아들 내외와 싸운 터라 안 그러려고 해도 저절로 비교가 되면서 매사에 시비 붙고 싶을 정도로 김만복 씨의 마음은 꼬여 있었다.

멤버들과의 저녁 술자리가 유쾌하지 못했던 건 김만복 씨의 탓이었다. 한턱을 내려면 제대로 내야 한다는 둥, 번듯하게 집에서 음식을 차려낸 것도 아니고 까짓 외식 못해 환장한 것도 아닌데 생색낼 것 없다는 둥… 한 사람만 마음먹고 삐딱선을 타면 분위기 망가지는 건 시간문제다.

세 사람이 먼저 돌아가고 남은 세 사람은 침묵을 지키며 공원 벤치에 앉아 있었다. 여흥을 망친 장본인 김만복 씨도, 저녁 턱을 낸 멤버도 거기 끼어 있었다. 김만복 씨가 하도 시무룩하게 있자, 한 친구가 끝말잇기를 시작했다. 돌아가며 한 번씩 부리는 심술인지라 그들은 일종의 품앗이 공감을 서로서로 감당하는 상대들이기도 했다.

리 리 리 자로 끝나는 말, 자 자 자 자로 끝나는 말을 거쳐 롬 롬 롬 자로 끝나는 말까지 이르렀다. 김만복 씨가 함초롬, 그렇코롬, 매코롬 등등을 쏟아낼 때 저녁 턱은 신드롬, 시디롬, 프롬, 크롬 따위의 외래어를 주로 끌어왔다. 질세라 김만복 씨도 '샬롬'을 생각해내곤 기분이 좀 나아지려 했다. 또 다른 멤버가 줄기차게 새롬, 아롬, 다롬, 드롬 같은 변형 단어를 썼지만 뭐, 거기까지야 가능한 조어였다. 한참을 이어가며 분위기는 고조되고 저녁 술자리에 없던 흥이 돋기 시작했다. 드디어 각자가 가진 단어의 한계에 이르자 기분도 최고조에 올랐다.

스스롬, 부스롬, 괴롬 하면서 반칙 단어로 돌아갈 때까지도 김만복 씨는 분위기를 보아 웃어넘기고 있었지만 처음부터 변형 단어를 쓰던 멤버가 "씨발롬!" 외치는 것만은 참을 수 없었다. 그

단어를 어떻게 읽어도 상관없지만 표기는 "씨발놈!"이 맞다. 한데 저녁 턱이 '씨발롬'의 편을 들어주는 것이었다. 김만복 씨는 이어갈 단어를 떠올리지 못했고 한껏 열이 치받쳤다. 둘이서 하나를 우습게 만들려고 작정을 하고 오늘 술자리 분위기를 망친 것에 대한 복수를 하는 게 분명했다. 김만복 씨는 결국 자리를 박차고 일어섰다. 어디 가서 한잔 더 걸치고 싶은데 딱히 떠오르는 이도 찾아갈 곳도 없었다.

김만복 씨는 공원에서 늘 거쳐 가는 글꽃도서관 골목길로 접어들었다. 요 며칠 되는 일이 없었다. 두 사람의 판정이 마치 자신을 "씨발롬"으로 만든 것 같아 점점 불쾌해졌다. "롬자로 끝나는 단어가 아무리 없어도 그렇지… 씨발롬이 뭐야?" 외치다가 그만 발을 헛딛고 말았다. 땅을 받치려던 오른손이 콘크리트가 깨져 떨어져나간 구덩이로 빠졌다. "롬 자로 끝나는 단어!" 곧 정신을 차리고 일어서는데 불쑥 '외롬'이란 단어가 떠올랐다. 그야말로 그것은 그의 의지와는 일 퍼센트도 상관없이 저절로 떠오른 것이었다. 일어서는데 무언가 자신에게 들러붙는 걸 느꼈다.

"어이, 김만복 씨 반갑구만."

그는 주위를 둘러보았다. 실체는 보이지 않건만 소리만은 또렷했다.

"나야, 나! 외롬이라니까."

그 뒤 그는 그 느낌을, "나야, 나!" 알은체하는 그 무언가를 떨쳐버리려고 애썼다. 아무리 해도 떨어지지 않아 무언가에 집중하며 잊으려 했다. 글꽃도서관에 등록해서 컴퓨터와 인터넷을 배우고 민원을 올리기 시작했다. 민원 담당자들에게 존재감을 새기면서 처음에는 효과가 있는 듯했다. 민원 하는 동안 녀석을 물리칠 수 있겠다 싶었으나 그것도 잠시, 실은 그 반대로 돌아가는 모양새였다. 건성으로 대답하는 관공서 직원들의 태도를 김만복 씨는 참을 수 없었다. 글꽃도서관 〈별별시네마〉 '문자 사건'도 따지고 보면 그런 감정이 발단이었다. 그 일을 빌미로 아들 내외와 시비까지 붙었다.

공만 있으면 꿈은 이루어진다는 말에 김만복 씨는 자신의 꿈을 떠올렸고 그 꿈은 다름 아닌 '집밥'이라고 생각한 게 문제였으며 일이 꼬이려다 보니 꼬리에 꼬리를 물고 들어갔다. 김만복 씨는 '집밥'에 사로잡혀 외식을 하다가 싫은 소리를 하고 만 것이다. 지근거리에 사는 아들 며느리에게 집밥을 바라는 마음 포기한 지 오래였건만 그날은 포기한 꿈에 유달리 집착했다. 두 눈 똑바로 뜨고 따박따박 말대꾸하는 며느리는 그날도 예상을 빗나가지 않았다. "아버님은 이이랑 제가 꼬맹이들 밥 먹이느라 고기 한 점 입에 못 넣은 건 보이지도 않으신가 봐요?" 중간에 자리를 박차고 나온 김만복 씨는 그날따라 마음을 제대로 추스르지 못했다.

여파는 다음 날에까지 미쳤다. 뜻이 불명확한 문자메시지 때문에 양소율 씨하고 말다툼을 벌였다. 김만복 씨는 문득 왜 이렇게 험한 말만 쏟아내고 있는지, 속이 상했다. 그는 어떤 편이었냐면 바르고 고운 우리말을 쓰자는 신념을 품고 살아왔다. 어쩌다 보니 늘 화만 내며 살고 있는 것 아닌가!

"사실 그런 줄도 모르고 지내다가 선생의 답글들을 보고 깨달았습니다."

그는 박애주 씨의 성의를 받아들이고 싶었지만 마음대로 안

되더란다. 붙어 있는 녀석이 그의 평정심을 허락하지 않았다. 그렇게 저렇게 일 년여 시간이 흐른 어느 날, 김만복 씨는 여느 때처럼 골목길로 접어들었다. 녀석을 짊어지고 힘들어하며 그런 자신을 기막혀하며 걷던 중이었다. 발을 헛디디며 넘어지는데 주변이 컴컴해졌다. 더듬더듬 둘러보니 전에 넘어진 그 자리였다. 순간 온 몸에서 힘이 빠져나가는 기분이었다.

김만복 씨는 부러진 팔을 깁스했다. 이상하게도 전에 없이 몸은 가벼워졌다. 오른팔을 다치는 바람에 일상에 작은 변화가 온 것이 변화라면 변화였을 뿐 크게 불편을 느끼지도 않았다. 사실 큰 변화가 있긴 했다. 더 이상 녀석에게 시달리지 않게 된 것이다.

박애주 씨는 김만복 씨의 긴 사연을 읽어내려가다가 마지막 문장에 시선을 멈춘 채 한참을 그대로 있었다.

끝까지 읽어주셔서 감사합니다. 누군가에게 털어놓지 않고는 배길 수가 없었습니다.

멍하니 모니터만 바라보는데 문자메시지 신호음이 울린다.

과장님, 호야의 민원도 해결해주세요.

양소율 씨다. 이어서 문자 한 통이 다시 들어온다.

살충제 드리려고 갔어요. 안 계셔서 책상에 두고 왔구요. 약 1에 물 100

으로 희석해서 뿌려주세요.

박애주 씨도 바로 답장을 보낸다.

나도 줄 거 있어. 만 원 빵 그대가 이겼어.

다락의 서사

박정윤

책 모퉁이를 돌았을 때 여자가 있었다. 흘러내리는 몸을 무릎에 추스르고 바로 앞의 책을 멍하니 바라보았다. 낡은 책의 갈피보다 더 나달나달한 표정이었다. 여자의 몸과 영혼은 훼손되었다. 점액질이 흐르는 아가미를 칼로 도려낸 생선처럼 날것의 슬픔이 달싹거렸다. 파헤쳐진 축축한 생선 내장처럼 후룩 쏟아지는 그녀의 슬픔을 나는 건드릴 수 없었다.

알루미늄 셔터를 올리자마자 출입문이 열려 있는 것을 발견했다. 셔터를 들어 올리는 팔의 힘이 빠졌다. 문을 열고 천장까지 빼곡하게 쌓인 책 기둥을 모두 돌아보았다. 뾰족한 철탑, 고성, 지중해, 바람의 결이 새겨진 모래사막, 바다를 바라보는 방파제 위에 앉은 뒷모습의 연인 사진과 여행 책자가 있는 책 기둥을 돌았다. 만년 고시생의 밤이 고스란히 담겨 있는 민법, 형법강의, 법학통론, 법학입문 책이 쌓인 더미를 지나 다락으로 가는 나무 계단을 올라갔다. 계단 중턱에 올라섰을 때 정면 벽에 걸린 거울에 고집스런 남자의 모습이 비쳤다. 앞머리가 빠져 휑한 이마와 정수리 옆에 착 달라붙은 곱슬머리는 염색을 하지 않아 하

31

얇다. 늙고 힘없는 흰 염소 같았다. 타원형 거울의 나무 테두리에는 양각으로 새겨진 꽃과 잎줄기가 금색으로 칠해져 있었다. 거울은 아버지가 양키시장에서 사온 거였다. 조계지에 있던 독일인의 집을 처분할 때 큰 가구는 제물포 구락부로 옮기고 남은 자잘한 물건 틈에 끼어 양키시장을 떠돌던 것을 아버지가 발견했다. 아버지는 거울이 백 년 전 유럽에서 만들어진 것이라고 주장했다. 실제로 거울 뒷면에는 1905라는 숫자와 함께 누군가의 서명으로 추정할 수 있는 고딕체 글씨가 써져 있었다. 거울을 제작한 사람일 수도 있었고 거울의 첫 소유자 서명일 수도 있었다. 거울은 시간에 할퀴어지고 뜯겨졌지만 더 단단해졌고 깊어졌다.

나는 어린 시절부터 거울 앞에 서서 거울이 기억하고 있는 수많은 사람들을 상상하는 시간을 즐겼다. 가슴을 반 넘게 드러낸 레이스 드레스를 입은 여인, 흰 면사포를 뒤집어쓴 신부, 콧수염을 매만지는 푸른 제복을 입은 군인, 아사면으로 거울을 닦기 위해 입김을 불어 넣는 흰 에이프런을 두른 하녀. 거울에는 수많은 사람들의 혼이 깃들었다. 거울 앞에 서면 나는 중세의 기사가 되었다가 신부의 면사포를 걷어내는 장군이 되기도 했다. 불을 끄면 거울 표면은 검게 번들거렸다. 그 순간, 희미하게 얼룩처럼 누군가의 얼굴이 비춰졌다. 얼굴은 내 모습을 보는 것처럼 나와 흡사한 얼굴이었다. 그는 망치로 거울을 깨뜨려 거울 조각으로 자신의 동맥을 잘랐다. 거울 속의 얼굴과 거울 밖에 서 있는 나의 엇갈린 운명의 비밀을 거울은 알고 있는 듯했다. 여자는 다락으로 올라가다 거울 앞에서 주저앉았다. 그날 아침에도 거울 앞에 매달려서 빨간 립스틱을 발랐어요.

야트막한 다락의 사각형 창틈에서 쏟아지는 햇살 사이로 부유하는 책 먼지가 떠다녔다. 나는 허공에 손을 뻗었다. 환각처럼 슬픔이 몰려들었다. 좁고 어두운 동굴 같은 다락의 내부를 천천히 살펴본 후 계단을 내려왔다. 책 기둥에 기대 무릎을 구부리고 앉았다. 어떤 사람에게는 퍼내고 퍼내도 슬픔이 넘쳤다. 슬픔을 잊으려면 얼마만큼 시간이 흘러야 할까요. 살아 있는 동안 그 기억을 끝낼 수 있을까요. 시간이 갈수록 더욱 쌓이는 슬픔을 끝내려면 결국 죽음밖에 없는 것인가요. 나는 여자의 혼잣말에 대답할 수 없었다. 다만 나는 여자가 앉았던 자리에 앉아 여자의 평온을 기원하며 낡고 오래된 서점에서 하루를 시작했다. 오후가 되어 낡은 책 꾸러미를 들고 오는 첫 손님이 올 때까지 앉아 있었다. 어쩌다 지나가는 소나기처럼 이리로 들어올지도 모르는 여자를 나는 기다렸다.

세 차례 소나기가 지나간 날이었다. 열흘 넘게 이어지던 폭염과 오랜 가뭄 끝에 퍼붓는 비였기에 소나기가 본격적인 비로 이어지길 바랐지만 굵은 빗방울은 후려치듯 바닥을 적셨다가 이내 멈췄다. 구름마저 더위로 축축 가라앉을 것 같은 후텁지근하고 끈적거리는 습한 더위였다. 틀어놓은 선풍기에서 더운 바람이 불 때마다 에어컨 리모컨을 잡았다 놓았다. 한 명이라도 손님이 들어오면 켜자고 마음먹었지만 책을 팔기 위해 오는 손님조차 없었다. 오후로 접어들면서 눅눅한 바람이 불어왔다. 바람이 낡고 오래된 이 골목에 쌓여 있는 더위를 걷어가기 전에 바다에서 몰려온 짠 내를 품은 바람에 이어 곧바로 소나기를 퍼부었다. 우체국

택배 기사가 국제항공 소포와 헌책이 담긴 라면 상자를 내려놓고
틀어놓은 선풍기 앞에 잠시 앉았다가 갔다. 라면 상자에 담긴 어
린이 책 전집은 인터넷 직거래를 통해 구매한 위인전이었다. 라
면 상자를 구석으로 밀고 국제항공 소포를 풀었다. 나와 마찬가
지로 반백이 된 남자의 사진을 물끄러미 바라보았다. 사진은 이
년 전의 것이라고 편지에 써져 있었다. 편지를 쓴 여자는 제이슨
과 함께 한국을 방문해 나를 만난 적이 있다고 썼다. 맞춤법이 틀
린 삐뚤빼뚤한 한국어 편지였다. 그녀는 한인교회에서 주관하는
한글 교실을 다닌다고 했다. 여자는 제이슨의 자살을 이해할 수
없다고 썼다. 제이슨은 자신의 유품을 나에게 전해달라고 부탁했
다고 했다. 사진과 편지를 카운터 책상 위에 올려두고 제이슨의
물건이 담긴 상자는 카운터 책상 아래에 뒀다.

   유리공장 노동자와 금속공장 노동자들이 한 명, 두 명 문을
열고 들어와 다락으로 올라갔다. 나는 출입문에 청음회를 알리는
종이를 붙였다. 출입문 유리가 젖어 스카치테이프가 잘 붙지 않
았다. 면 셔츠를 끌어당겨 유리 표면을 닦은 후 겨우 붙이고 돌
아섰다. 한 차례 바람이 불어닥치자 종이가 뜯겨 바람에 날려갔
다. 종이를 붙잡으려 손을 뻗었다가 관두었다. 청음회의 주제는
위로,였다. 나는 책방 외벽 책꽂이와 빽빽하게 쌓여 있는 책을
녹색 비닐 천막으로 덮어놓았다. 카운터 옆에서 노래 곡목이 적
힌 종이와 유리공장 노동자와 금속공장 노동자가 써온 시를 복사
했다. 청음회는 유리공장과 금속공장에 다니는 노동자들이 진행
하는 시간이었다. 그들은 정기적으로 한 달에 한 번 청음회를 했
다. 음악을 듣다가 중간에 시를 낭송했다. 열 장씩 복사를 했지

만 늘 한두 장씩 남았다. 처음 시작했을 때는 청음회를 알리는 종이를 지하 공예상가와 문구용품 할인매장 유리문에 부착해놓았다. 공예상가에서 가죽과 한지 공예를 배우러 다니는 사람들과 이 골목을 지나다니는 사람들이 찾아오곤 했다. 방석이 모자랐고 앉을 공간이 없어 나무 계단에 앉기도 했다. 한 계절이 지나기도 전에 일반인들 참여가 줄어들었고 언제부터인가 유리공장과 금속공장 노동자들만의 행사가 되었다. 나는 복사한 것을 나눠주기 위해 다락으로 올라갔다. 유리공장 노동자인 남자가 앉은뱅이책상 앞에 앉아 전기 주전자로 끓인 물을 믹스 커피가 담긴 종이컵에 부어 동그랗게 모여 앉은 사람들에게 나눠주었다. 커피와 설탕이 뜨거운 물에 녹아 달달한 향이 번졌다.

금속공장에 다니는 노동자가 프레스기에 잘린 일곱 개 손가락을 위로하는 시를 낭송했다. 세 개의 손가락만 남은 오른손에 끼운 시를 적은 종이가 파들파들 떨렸다. 그는 목쉰 음성으로 낭송을 끝낸 후 두 손을 허공을 향해 들어 올렸다. 수지접합 수술에 실패해 의수를 끼운 그의 왼손과 중지와 장지가 잘린 오른손을 합쳐 남아 있는 손가락은 세 개뿐이었다. 검고 주름진 세 손가락 사이에 두 개의 손가락이 있어야 할 공간이 움푹 패여 있었다. 의수인 왼손은 젊은 여자의 손처럼 하얗고 반질반질했다. 시 낭송을 마치고 방석에 앉은 그는 세 개의 손가락이 있는 오른손으로 익숙하게 종이컵을 들고 커피를 마셨다. 세 개의 손가락은 얇은 종이를 잡았을 때와는 달리 종이컵을 들고 있을 때는 안정적으로 보였다. 진행을 맡은 유리공장 노동자가 컴퓨터 앞으로 갔다.

"오늘 처음으로 들을 곡은 파블로 카살스 첼로 곡 〈새의 노래〉

입니다."

유리공장 노동자는 카살스가 연주회 때마다 마지막에 자신의 고향 카탈로니아와 어머니를 떠올리며 〈새의 노래〉를 연주했다고 했다. 1971년 아흔다섯 살 카살스가 유엔 평화상을 받을 때의 연설 일부와 함께 연주한 것이라 했다. 나는 1971년과 어머니,라는 말에 고개를 들었다. 내가 태어난 해였다. 태어난 해를 알았지만 나를 낳은 어머니를 본 적은 없다. 나는 어머니라는 이미지와 하늘을 향해 날아오르는 새의 이미지를 떠올려보려고 애썼다. 날개를 퍼덕이며 하늘을 나는 새는 떠올랐지만 어머니는 파지와 헌책을 받으러 오는 할머니 모습만 떠올려졌다.

"어떤 이들은 새가 내는 소리를 지저귄다, 노래한다고 하지만 어떤 이들은 운다고 합니다. 새가 운다. 슬픔을 알기에 그렇게 표현하는 것이 아닐까요."

낡은 책이 사방 벽에 쌓여 있는 다락에서 책에 등을 기대고 앉거나 접은 무릎에 턱을 괴고 앉은 사람들은 눈을 감거나 고개를 숙였다. 낡은 컴퓨터 모니터 안의 유튜브 영상은 치직거렸고 컴퓨터에 연결한 스피커도 상태가 좋지 않아 음질이 고르지 않았지만 책 더미 사이로 흐르는 곡은 동그랗게 모여 앉은 그들을 강력하게 집중하도록 만들었다. 다락의 한쪽 벽면에는 오래전 불에 타 검게 그을린 흔적이 고스란히 남아 있었다. 낡고 허름한 공간이어서 그들의 시간은 더욱 빛이 났다. 카살스 연설 일부가 나오기 시작했을 때 일층 출입문에 달아둔 종소리가 울렸다. 나는 방석을 짚고 일어나 일층으로 내려가며 아래를 살폈지만 아무도 보이지 않았다. 출입문이 열려 있었다. 다시 종이 울리지 않았기에 누군가 문을 열었다가 그냥 가버렸을 거라 여겼다. 출입문을 닫기 위해 계단을 마저 내려갔다.

피스, 피스, 피스.

새들은 하늘에서 피스, 피스, 피스라고 노래 부른다며 아흔 다섯 살 노인은 울먹이는 목소리로 말했다. 비가 쏟아졌다. 나는 출입문 손잡이를 잡고 어두운 밖을 내다보았다. 지나가는 이 없는 좁은 도로 위로 틈 없이 비가 내렸다. 검은 길이 번질거렸다. 바닥을 후려치는 소낙비 떨어지는 소리 사이로 첼로 소리가 들렸다. 몸 구석에 번져 있는 가느다란 핏줄을 잡아당기는 것 같았다. 소리는 곧바로 눅눅한 책갈피 사이로 스며들었다. 출입문에서 안쪽으로 물이 뚝뚝 떨어져 있었다. 나는 물의 흔적을 따라 책 기둥 사이를 걸었다. 다락으로 올라가는 계단 옆 책 더미 모퉁이를 돌았을 때 여자가 앉아 있었다. 여자가 앉은 바닥은 빗물로 젖어 있었다.

헌,이라는 관형사는 오래되어 성하지 아니하고 낡은 것을 뜻했다. 사전적 의미였지만 나는 정확한 뜻은 아니라고 생각했다. 헌것이라고 모두 성하지 않은 것은 아니었다. 특히, 책에 관해서는. 같은 책이 단지 낡고 헌것이 되었다고 그 안에 품고 있는 내용이 낡거나 성하지 않은 것은 아니었다. 겉과 표면이 낡았지만 취하는 사람에 따라 그것을 품고 있는 속은 더욱 빛날 수도 있었다. 잘 닦아 길을 들인 거울처럼. 나는 기억나지 않는 오래전부터 새 제품이라는 말 못지않게 헌책방이라는 말이 싫었다. 어렸을 때 이 골목에는 셀 수 없을 정도로 많은 책방들이 있었다. 책방 사이사이에 문구용품 대리점이 있었다. 그곳에는 공장 기계에서 방금 빠져나온 새 제품의 문구용품이 있었다. 나는 빠닥빠닥한 플라스틱 새 제품의 촉감보단 낡고 오래된 책장을 넘기는 감촉이 좋았다. 눅눅한 것은 눅눅해서 좋았고 바싹 마른 종이는 바삭거려서 좋았다. 나는 아버지가 어디선가 가져다준 낚시용 비닐 의자를 책 더미 사이로 옮기며 앉아 책을 꺼내 읽었다. 언제 어떻게 한글을 깨우치고 책을 읽기 시작했는지 기억도 나기 전부터 늘 책 더미 속에 있었다. 그들도 책 더미 속에 파묻혀 있던 어느 날 찾아왔다.

그들의 방문은 그전에도 있었을지 몰랐지만 내가 기억하는 것은 열세 살 때였다. 당시 나는 전기문에 빠졌다. 사람의 생몰년을 계산하며 인생행로를 따라가면 나 또한 여러 인생을 살아가는 경험을 했다. 어떤 위대한 사람, 아름답거나 극빈한 사람, 고통을 겪는 사람도 결국 한 세기를 다 못 살고 죽었다. 모든 책의 끝에는 죽음이 도사리고 있었다. 어린이용 전기문을 모두 섭렵했을 때는 성인용 책을 꺼내 날개에 있는 저자의 생몰년과 간단한 약력을 읽었다. 몇 줄로 요약되는 저자의 생을 알고 두꺼운 책 제목을 보면 비밀의 공간으로 들어가는 신비한 문 앞에 서 있는 기분이 들곤 했다. 어떤 책은 책 뒷부분에 저자의 약력을 좀 더 길게 적어놓은 것도 있었다. 나는 저자 생몰년을 헤아리다가 점점 강력한 죽음에 끌렸다. 젊은 나이에 요절을 하거나 권총 자살을 한 사람, 몸에 돌을 매달고 강으로 들어간 여자, 행려병자로 길에서 죽음을 맞이했을 여류 화가, 매독과 정신병에 걸려 죽은 사람, 할복자살을 한 작가. 볼프강 보르헤르트는 1921년 독일 함

부르크에서 태어나 1947년 스위스 바젤의 요양소에서 스물여 섯 살의 짧은 생애를 마쳤다. 호르헤 루이스 보르헤스는 1899년 아르헨티나 부에노스아이레스에서 태어났다. 그는 1986년 4월 26일 일본계 아르헨티나인 여비서 마리아 코다마와 결혼을 했 다. 스위스 제네바로 이주한 그는 결혼한 지 50일 만에 죽었다. 책 표지는 검은 바탕에 심플한 그림이 그려져 있었다. 검은 선과 빨간 원, 아이의 손 글씨로 쓴 것 같은 책 제목과 표지가 인상적 이었다. 전집이었지만 책방에 들어와 있는 책은 『셰익스피어의 기억』과 『불한당들의 세계사』 두 권이었다. 죽을 것을 알면서 결 혼을 한, 실명으로 한쪽 눈을 깜박이는 것처럼 보이는 노작가의 사진을 보고 있을 때 책방으로 부인 두 명이 들어왔다. 대체로 책 방을 찾는 이들은 판매를 목적으로 한 책을 가지고 온 경우가 아 니면 대부분 말없이 서가를 둘러보는데 그들은 책방에 들어서자 마자 내 이름을 호명하며 아버지를 찾았다. 간이 사다리 위에 있 던 아버지가 황급히 사다리에서 내려왔다. 아버지는 나를 그녀들 에게 인사시켰다.

"키가 훌쩍 컸군요."

"네, 책을 아주 좋아한답니다."

그녀들은 카운터 앞에 서서 아버지와 이런저런 얘기를 나누 며 나를 계속 바라보았다. 나는 책을 읽는 척 했지만 신경이 온통 그들에게 가 있었다.

"애 엄마가 먼저 가고난 후 그 제안에 고민을 많이 했지만."

"그럼요, 힘든 시기셨어요. 저희는 선생님의 결정을 존중해 요. 그렇지만 이번에는."

아주 잠깐 모두 침묵했다. 내가 고개를 들어 그들을 바라보았을 때 그들이 나를 노골적으로 쳐다보고 있었다.

"아직 모르는 것 같군요."

"네, 조만간."

그들이 책방에 머문 것은 십 분 정도였다. 아버지는 그녀들 앞에서 벌 받는 아이처럼 두 손을 모았다가 머리를 긁적였고 커피를 대접하려는 시늉을 했지만 그들이 말렸다. 그들을 골목 끝까지 배웅하고 돌아온 아버지가 출입문을 닫아걸고 내 옆에 털썩 주저앉았다. 엉덩이를 들어 바지 뒷주머니에서 담배를 꺼내 입에 물고 불을 붙였다. 독한 담배 연기가 바싹 마른 책 사이로 스며들었다. 낡은 책 더미 사이에 앉아서 담배를 피우는 아버지의 모습은 언제 봐도 멋져보였다.

"기억나? 오래전에 니 비행기 탔었는데."

지나가는 소나기라는 것을 알면서도 비를 맞는 사람들은 어떤 사람일까. 소나기가 지나가는 것을 기다릴 시간이 없는 사람이거나 비를 좋아하는 예민한 감각을 가진 사람. 비에 젖는 것이 상관없는 사람, 비에 젖는 줄도 모르고 혼이 다른 곳에 가 있는 사람. 여자는 혼이 다른 세계에 닿아 있었다. 비에 젖는 것, 몸을 긁는 상처 따위에 신경 쓰지 않았다. 비를 고스란히 받은 여자의 옷에서 물이 뚝뚝 떨어졌다. 여자 옆에 놓인 흰 고양이 열쇠고리가 매달린 빨간 백팩에서도 핏물처럼 붉은 물이 떨어졌다. 헐렁한 티셔츠 아래 드러난 팔뚝에는 어디선가 긁힌 상처 자국이 나뭇가지처럼 나 있었다. 여자는 두 손으로 종이를 움켜쥐고 있었다. 유리에 부착했다가 바람에 날려간 청음회 안내장이었다. 여자는 후들거리는 손으로 종이를 펼쳤다.

"청음회는 저 위 다락에서 지금 하고 있습니다."

나는 여자에게 수건을 주고 다락으로 올라가는 계단을 손짓했다. 여자는 물이 떨어지는 머리카락은 닦지 않고 수건에 얼굴을 파묻었다. 여자와 함께 다락으로 올라갔을 때 프리드리히 뤼케르트 시에 말러가 곡을 만든 〈죽은 아이를 그리는 노래〉가 나왔다. 나는 이국의 언어로 노래하는 곡을 알아들을 수 없었지만 곡목을 적어놓은 종이를 복사하며 대충 훑어봤기에 알았다. 유리 공장 노동자는 가사를 번역한 것 중 일부분을 읽었다.

아이들은 잠깐 외출했을 뿐이다.
곧 집에 돌아오겠지.
이 세상은 아름답다. 아무것도 걱정하지 마라.
아이들은 좀 오래, 밖에 있을 뿐이다.
물론 외출했을 뿐이다.
곧 돌아오는 거다.
두려워 마라. 이 세상은 아름답다.
아이들은 천국으로 떠났을 뿐이다.
우리보다 먼저.
집에 다시 돌아오리라고 생각되지 않는다.
우리도 천국으로 아이들의 뒤를 따라가는 거다.
그 광명이 넘치는 평화스런 천국으로.

유리공장 노동자는 말러가 이 곡을 작곡할 당시 아이를 잃은 불행한 아버지의 절실한 슬픔을 충분히 공감했다고 했다. 그러나 나중에 실제로 말러의 첫딸 안나 마리사를 잃었을 때는 도저히 그 어떤 음악도 쓸 수 없었다고 했다. 그는 말을 멈추고 다락의 작은 창을 바라보았다. 빗소리가 들렸다. 약속이나 한 듯 동그랗게 모여 앉은 사람들이 작은 창밖을 내다보았다.

"잠시 빗소리를 들어볼까요?"

책방 외벽에 덧대놓은 녹색 비닐 차양 막 위로 빗방울이 떨어졌다. 다락에 모인 사람들은 빗소리에 숨소리조차 내지 않았다. 후드득 떨어지는 비의 음률이, 빗소리가 가슴을 후벼 팠다.

금속공장 노동자가 자리에서 일어섰다. 다락 천장이 그의 머리에 닿을 정도로 키가 큰 남자였다. 그는 몸을 구부린 채 서서 종이를 펼쳤다. 그는 여자에게 이 자리에 참여해 반갑다는 말을 했다. 여자가 고개를 들어 금속공장 노동자를 바라보았다. 그러곤 곧바로 수건에 얼굴을 다시 묻었다. 그는 용광로에서 설설 끓는 쇳물을 떠 주물 틀에 부어 맨홀 뚜껑을 만드는 노동자라고 자신을 소개했다. 그가 하는 작업 내용을 모르는 사람은 수건에 얼굴을 묻고 있는 여자밖에 없었다. 그는 2층 용해로 작업장에서 900킬로그램짜리 실린더 교체 작업을 위해 뚜껑을 체인으로 감아올리다 체인 연결고리가 끊어져 동료의 몸으로 용해로 뚜껑이 떨어지는 사건을 바로 눈앞에서 목격했다고 했다.

"정 씨, 그이의 몸 위로 떨어졌던 뚜껑을 다시 들어 올리는데 아무도 숨을 쉴 수 없었습니다. 숨을 쉬는 것조차 죄를 짓는 기분이었습니다. 쇠에 쩍 들러붙어 엉겨 있던 형체가 눈을 감을 때마다 떠오릅니다."

그는 말을 멈추고 한참을 주먹 쥔 손으로 눈을 가렸다. 두부처럼 으깨진 시신의 살점을 그러모았다고 했다. 염을 할 수도 없어 관도 없이 곧바로 화장을 한 동료의 으스러지고 납작해진 주검을 목격한 이들과 주검이 짓눌러진 노동자를 위로하는 시를 낭송했다. 낭송하는 그의 목소리는 울음과 섞여 나는 단 한 음절도 알아들을 수 없었다. 동그랗게 모인 노동자들은 그가 낭송하는 시를 알아듣는지 고개를 숙였다. 파란 작업복을 입은 남자는 눈을 감은 채 낮은 천장을 향해 고개를 쳐들었다. 유리공장 노동자가 컴퓨터 앞으로 갔다.

"이번에 들을 곡은 역시 카살스 연주곡입니다. 스페인 민요 〈나나〉입니다. 〈나나〉는 자장가입니다. 아무드 동굴에 죽은 아기를 매장하는 어머니가 아기에게 편안하게 잘 자라고 부르는 곡을 마누엘 데 파야가 편곡한 곡입니다."

다락 계단이 끝나는 지점에 무릎을 꿇고 앉아 얼굴에 수건을 묻고 있던 여자가 욱, 욱, 하다 수건으로 입을 틀어막았다. 토악질을 했지만 수건에는 걸쭉한 흰 액체만 토해졌다. 시큼한 냄새가 났다. 노동자들이 여자를 돌아보았다. 여자는 여기가 어디인지 뭐하는 곳인지 관심도 없는 것 같았다. 단지 토하기 위해 다락으로 올라온 것처럼 무릎을 꿇고 앉아 계속 입으로 물을 토해냈다. 유리공장 노동자가 여자의 어깨를 잡고 가만히 흔들었다. 여자는 꿇었던 무릎을 펼쳐 아무렇게 벌리고 헛구역질을 했다. 베이지색 면바지 밑단이 흙 얼룩과 물에 젖어 있었다. 앉아 있던 노동자 몇 명이 여자에게 다가가 어깨와 등을 두드렸다.

"슬픈 일을 겪었군요."

유리공장 노동자의 말에 여자가 헛구역질을 멈추고 고개를 들었다. 허물어질 것 같은 여자의 얼굴은 물로 번들거렸다.

"슬픔이 슬픔을 알아봅니다, 이 곡을 같이 들어봅시다."

피아노 소리가 들리고 곧이어 갈비뼈 사이로 활을 집어넣어 긁는 것처럼 첼로 음이 이어졌다. 덩어리 슬픔이 얇게 저며졌다. 음률을 따라가면 깊숙한 동굴 앞에 서 있는 것 같았다. 환각처럼 동굴 앞에 죽은 아기를 안고 엎드려 우는 여인의 모습이 보였다. 2분가량의 짧은 곡이 끝났지만 아무도 말하지 않았고 움직이지 않았다. 금속공장 노동자의 말처럼 숨을 쉴 수 없었다. 여자는 수건을 움켜쥐고 가슴을 누르고 있었다.

"한 번 더 들어볼까요?"

유리공장 노동자의 말에 그제야 사람들은 환각에서 정신을 차린 듯 동시에 고개를 끄덕였다. 두 번째 들을 때 피아노 음 사이로 누군가의 목에서 나오는 허밍 소리가 들렸다. 첼로 연주자인 카살스가 내는 한숨 소리였다. 곡이 끝났을 때 손가락이 세 개 남은 금속공장 노동자가 손을 들고 말했다.

"한 번 더 들읍시다."

그의 말에 모든 노동자들이 고개를 끄덕였다. 다섯 번을 들은 후에야 노동자들은 자리에서 일어나 서로의 손을 잡고 어깨를 쓰다듬으며 일층으로 내려갔다. 그들은 근처에 있는 돼지껍데깃집으로 갔다. 컴퓨터를 끄고 다락을 정리하고 일층으로 내려갔을 때 여자는 책 기둥에 기대앉아 있었다. 여자는 앞에 놓인 학생용 참고서가 꽂혀 있는 칸을 바라보았다. 가게 문을 닫고 노동자들이 간 술집으로 갈 예정이어서 나는 여자가 얼른 책방을 나가길 바랐다. 나는 여자 곁으로 다가섰다. 여자의 얼굴에는 먼저 흘렀던 눈물이 마른 자국 위로 새로운 눈물이 흘러내렸다. 여자는 흐느낌도 없이 울고 있었다. 나는 앉아 있는 여자 곁에 말없이 서서 바닥에 삐뚜름하게 쌓여 있는 책을 무연히 쳐다보았다.

"여기 와본 적이 있어요."

"그런가요."

"가연이 문제집을 팔았어요. 찾아주세요."

"네?"

불현듯 여자가 벌떡 일어나더니 고등학생 문제집을 꽂아둔 책꽂이에서 수학영역 A형 문제집을 꺼내 펼쳤다. 갈피를 살핀 책을 책꽂이에 꽂지 않고 바닥에 아무렇게나 떨어뜨리고 다른 문제집을 꺼내 갈피를 넘겼다. 나는 여자가 던져놓은 책을 집어 책꽂이에 꽂으며 책방 문을 닫아야 한다고 말했다. 문제집을 펼쳐 들고 있던 여자가 책에서 눈을 떼고 손으로 가슴을 쳤다.

"갈 곳이 없어요, 숨을, 숨을 쉴 수가 없어요."

어떤 기억은 강렬하지만 직감적으로 떠올리면 안 된다는 것을 알고 있었다. 열세 살이 되기 전까지는 여섯 살의 기억이 떠올라도 떠올리지 않으려고 애썼다. 그렇지만 책 더미에 파묻혀 있다가 가끔 숨을 크게 들이켜는 순간 기억이 저절로 떠올랐다. 기억을 떠올리는 것조차 죄를 짓는 기분이 되어 고개를 저으며 기억을 돌이키지 않았다.

여섯 살 사내아이 두 명은 비행기를 타게 될 것이라는 말을 들었다. 색종이로 종이비행기를 접어 날려 보냈고 자주 하늘을 쳐다보았다. 비행기에서 내려온 계단을 오를 때는 오줌을 지릴 것 같았다. 구름이 깔린 창밖의 풍경을 보기 위해 자리싸움을 했다. 덧창을 열었을 때 바짝 다가온 구름이 겨드랑이를 간질이는 것 같아 웃음이 났다. 오랜 비행으로 싸우는 것에도 흥미를 잃은 우리는 투명 플라스틱 안에 들어 있는 빵과 샐러드, 달콤한 케이크를 야금야금 먹었다. 우리 곁에 앉아 있던 여자가 우리의 입을 닦아주고 얌전하게 굴라고 주의를 줬다. 여자는 기내식을 먹고 난 후 커피를 마셨다. 커피와 함께 나온 육면체를 감싼 종이를 펼치면 똑같이 생긴 각설탕 두 개가 나란히 놓여 있었다. 여자는 그것을 꺼내 우리 입안에 넣어주었다. 우리는 혀를 굴리며 각설탕 모서리부터 천천히 빨아먹었다. 각설탕은 입안에서 어느 순간 스륵 녹아 사라졌다. 계단을 다시 내려가 어떤 사무실에 들어갔을 때 여자는 우리 둘한테 똑같은 옷을 입혀주었다. 흰 셔츠 위에 녹색 조끼를 입은 우리는 거울 앞에 선 것처럼 똑같이 생겨 누가 누구인지 구분할 수 없었다. 분명 우린 두 명이었다.

또 다른 기억에는 나 혼자 비행기에 앉아 기내식을 먹고 있었다. 가슴을 두근거리게 하는 창밖의 구름을 아무리 바라보아도 기분이 상쾌해지지 않았다. 구름 덩어리들이 죄다 축축 쳐져 보였다. 버려졌다는 생각과 뭔가 죄지은 것 같은 느낌이 들었다. 눈을 감고 있는 여자의 눈치를 보며 안절부절 불안해 했다. 죄를 지은 것은 사실이었다. 나는 서류 봉투에서 사진 두 장을 훔쳤다. 흰 셔츠에 녹색 조끼를 입었던 우리가 #5186, 4, 11, 71과 #5187, 4, 11, 71이라 적힌 종이판을 들고 찍은 사진이었다.

나는 사진을 이 책방에 오던 날 내 손에 닿은 책의 갈피 사이에 끼워놓았다. 그 후 책방에 들어설 때마다 그 책이 팔렸는지 확인했다. 책은 언제나 그 자리에 꽂혀 있었다. 책을 꺼내 펼쳐본 적은 맹세컨대 단 한 번도 없었다.

아버지는 그때 나와 함께 미시간주 디트로이트에 간 아이는 내 쌍둥이 동생이라고 했다. 우리 둘을 입양하기로 한 사람들은 디트로이트 자동차 회사에서 중책을 맡은 간부였다. 그들은 다른 입양 지원자보다 더 많은 비용을 복지원에 지불했고 복지원 후원에도 적극적인 사람들이었다. 쌍둥이 둘을 모두 입양하기로 결정하고 서류 준비를 하는 동안 그들이 오랫동안 실패했던 시험관 아기가 동생의 양어머니 자궁에 안정적으로 착상됐다. 그들은 곧바로 둘 중 한 명만을 입양하겠다는 의사를 밝혔지만 복지원에 전달이 되지 않았다. 첫 만남에서 그들은 나를 보자마자 파양 결정을 했고 위로금과 편도 비행기 값을 지불했다.

열세 살, 내가 머무는 책방에 방문한 그녀들은 아버지에게 내 쌍둥이 동생을 입양한 가정에서 나를 초청했다는 말을 전하러 왔다. 여름방학 때 비행기 티켓을 보내겠다는 연락이 왔다고 했다. 침묵으로 기억을 지우려 했던 나와는 달리 내 쌍둥이 동생은 끊임없이 양부모에게 내 존재에 대한 그리움을 말했다고 했다. 게다가 시험관 아기가 태어난 지 칠 년 만에 죽었다고 했다. 내 쌍둥이 동생의 양부모는 내 파양 결정의 죄책감으로 몇 년을 보내다 나를 재입양할 결정을 했다고 했다. 내 양어머니가 난소암으로 세상을 떠났다는 소식을 확인한 동생의 양부모님은 적극적으로 입양 기관에 자신들의 의견을 어필했다. 입양 기관에서는 원

칙적으로 친부모와 남은 가족에게 양부모에 대한 정보를 제공할 수 없었다. 그렇지만 그들의 거액 후원금 지원을 유지하고 싶었을 거였다. 그들은 아버지에게 경제적인 보상을 할 의향이 있다는 것을 입양 기관을 통해 밝혔다. 특히 내 쌍둥이 동생의 양어머니가 적극적으로 보상 조건의 수위를 높였다. 입양 절차에 따른 비용만 넉넉하게 지불하면 모든 것이 해결된다는 식의 생각과 행동에 아버지는 심하게 반발했다. 아버지에게 어떤 경제적 지원을 제안했는지 모르지만 입양 기관에서 아버지를 설득하려고 꽤나 노력했던 것 같았다. 그 즈음 입양 기관의 그들은 책방에 자주 들락거렸다. 그녀들은 책방에 올 때마다 미국에서 보내왔다는 선물 꾸러미를 전해줬다. 향이 강한 초콜릿, 알록달록한 옷, 유명 브랜드 운동화. 그리고 그 애의 사진을 가져다주었다. 내 쌍둥이 동생은 나와 얼굴은 닮았지만 키는 한 뼘 정도 훌쩍 컸고 햇볕에 타서인지 얼굴은 나보다 더 검었다. 인조 잔디가 깔린 구장에서 야구 배트를 들고 폼을 잡고 서 있었는데 어깨는 벌어졌고 가슴이 딴딴해 보였다. 다른 사진은 그들이 살고 있는 집의 거실에서 찍은 사진이었는데 벽난로와 피아노 사이에 놓인 대형 크리스마스트리 아래에 알록달록하게 포장된 많은 선물이 리본을 매달고 놓여 있었다. 아버지는 엉덩이를 들어 뒷주머니에서 담뱃갑을 꺼냈다. 담뱃갑 안이 빈 것을 발견하고 갑을 구겼다.

"알고 있었지?"

아버지의 질문이 쌍둥이 동생의 존재라든가 아니면 두 명이 함께 입양을 목적으로 비행기를 타고 먼 나라에 갔다가 나는 거절당해 되돌아온 것을 말한다는 것을 알았지만 나는 대답하지 않았다.

"거기 갈래? 동생도 만나고."

나는 고개를 돌려 곁에 앉은 아버지를 돌아보았다. 눈썹 끝이
처져 울 것 같은 표정이었다. 나는 아버지를 슬프게 만들고 싶지
않았다. 나는 비행기 타는 것이 무섭다고 대답했다. 속으론 나와
는 너무나 다르게 자란 쌍둥이 동생을 만나는 것이 더 두려웠는
지도 모른다. 아버지는 곧바로 무서우면 타지 말아야지, 하고 말
했다. 가끔 책 더미 속에서 고등학생용 사회과부도를 꺼내 세계
지도를 펼쳐 미국 북부 미시간주와 디트로이트를 찾아보았다. 지
도상으로 한 뼘도 안 되는 거리였지만 실제 거리는 1만648킬로
미터였다. 상상을 할 수 없는 거리만큼 나와는 다른 세계임이 분
명했다. 슬픔이 슬픔을 알아보듯 그리움도 경험이 있어야 생기는
법이었다. 그리움의 감정을 경험한 적이 없기에 나는 다른 세계
에서 멋진 청년으로 자라고 있는 쌍둥이 동생의 사진을 받을 때
마다 당혹스러웠다. 매번 자신의 집을 방문해달라는 부탁의 편지
를 내 동생의 양어머니가 써 보냈다. 나는 초대에 응하지 않았고
답장을 보내지도 않았다.

간헐적으로 쏟아지던 소나기는 긴 장맛비로 이어졌다. 나는
여자가 다락으로 올라가는 것을 확인하고 책방 문을 잠그고 알루
미늄 셔터를 내렸다. 셔터의 자물쇠는 채우지 않았다. 다음 날
셔터를 올릴 때마다 여자가 가버렸을지도 모른다는 생각으로 마
음이 급해졌다. 모퉁이를 돌면 여자가 앉아 있었다. 내장이 파헤
쳐진 슬픈 짐승처럼 몸을 웅크려 두 손으로 가슴을 짓누르고 있

었다.

흰 고양이 열쇠고리가 달린 빨간 백팩 안의 물건을 본 적이 있었다. 일부러 엿본 것은 아니고 여자가 뭔가를 찾기 위해 가방을 뒤적거리다 가방을 거꾸로 뒤집어 안엣것을 쏟아내었다. 화장품, 속옷, 세면도구 등이 들어 있을 것이라는 내 예상과는 달랐다. 가방에서 쏟아진 것은 문제집, 연습장, 영어 단어를 빽빽하게 적어놓은 수첩, 매일 공부한 분량과 시간을 적어놓은 스터디 플래너, 티머니가 든 카드 지갑, 안경 통, 샤프와 여러 가지 색의 펜과 형광펜, 스톱워치, 화이트, 귀마개, 이어폰, 계산기까지 들어 있어 속이 꽉 찬 필통, 틴트라고 불리는 립스틱과 마스카라, 손거울이 든 파우치 등. 대충 봐도 여고생의 가방이었다. 여자는 필통을 꺼내 빨간 볼펜을 꺼냈다. 볼펜을 들고 여자 앞에 펼쳐놓은 수학 문제집의 한 부분을 펼쳐 답지를 보며 채점을 했다. 나는 여자의 행동을 말없이 바라보았다. 여자가 매긴 문제는 서른다섯 문제였고 모든 문제는 정답으로 다 맞았다. 딸의 문제집을 찾았냐는 내 질문에 여자는 고개를 끄덕이곤 문제집을 덮고 책의 표면을 손으로 쓸었다.

"공부를 잘하나 보군요."

여자는 대답 없이 허락 없이 문제집을 빨간 백팩에 넣었다. 쏟아부었던 물건들도 차곡차곡 가방에 담았다. 여자의 딸이 지금은 이 세계에 없다는 확신이 들었지만 어떤 위로의 말도 나는 할 수 없었다. 위로는 슬픔을 달래준다고 생각하는 자의 이기적인 행위였다. 어떤 말과 어떤 행동으로 괴로움을 덜어줄 수 있을까. 어떤 상태는 도저히 위로를 할 수 없었다. 나는 어설픈 위로로 여자의 슬픔을 건드릴 수 없었다.

"공부밖에 모르는 애였어요. 그날, 비도 내리고 늦었는데도 거울에 매달려 틴트를 발랐어요. 학교는 아파트 후문으로 가면 걸어서 10분 거리였어요. 늦었다고 차로 데려다달라고 했는데. 거울 앞에서 멋 부리는 모습이 얄미워 뛰어가라고 했어요. 아파트 후문에서 나가자마자 도로를 횡단했을 거예요. 오른쪽으로 급격하게 휘어진 내리막길에다 관목 수풀이 우거져 시야가 막혀요. 급정거를 했다지만 5톤 트럭이."

여자는 차분한 음성으로 말했다. 마치 자신의 일이 아닌 소설의 한 장면을 말해주듯 빠르게 말했다. 그러다 말을 멈췄다. 자신이 내뱉는 말이 무슨 뜻인지 알아차린 듯 손으로 입을 가렸다. 나는 일부러 여자의 말을 못 들은 척하며 라면 상자에서 명품 테마 위인전 전집을 꺼냈다. 어린이 책을 꽂아둔 책꽂이에서 오래되고 찢겨진 책을 빼 라면 상자에 담고 새로 구입한 위인전을 꽂았다. 여자는 책을 꽂고 있는 나에게 다가와 섰다.

"너무나 보고 싶은데, 벽제에 있는데 그곳을 어떻게 가야하는지 잊어버렸어요. 저는 어떤 것도 생각할 수 없어요."

여자가 가방을 어깨에 메고 멍한 눈빛으로 나를 바라보았다. 진심으로 그곳을 가는 방법을 모르는 사람 같았다.

"비가 그치면 저와 함께 그곳에 가봅시다. 제가 데려다줄게요."

여자는 처음으로 눈을 크게 뜨고 나를 바라보았다. 그렇게 약속을 했지만 여자는 내가 책방 뒤 창고에 라면 상자를 놓고 왔을 때 사라졌다. 퍼붓는 장맛비 사이로 우산도 없이 여자는 거리로 나섰을 거였다. 급한 마음에 나는 살이 꺾여 한쪽이 짜부라진 우산을 쓰고 골목을 뛰어 내려갔다. 지하 공예상가와 벽화 골목, 철길 주변을 둘러보았지만 촘촘히 쏟아지는 빗속에서 빨간 백팩을 멘 여자를 찾을 수 없었다. 온몸이 땀과 비에 젖어 물속의 생선 같았다. 나는 미끄러지듯 책방으로 들어섰다. 카운터 책상 의자에 앉아 삐뚤삐뚤한 글씨체로 쓴 편지를 집어 들었다. 끊임없이 그립다, 보고 싶다, 하는 말이 나는 거북했다. 제이슨이 가진 여유로운 감정과 솔직함이 부담스러웠다. 그의 편지를 읽으면 버림받은 내 처지가 가엾게 여겨졌다. 그와 나의 운명이 바뀌었다는 억울함이 울컥 생겼다. 무엇보다 나는 빈곤하지도 슬프지도 않았는데 그는 그렇게 여겼다. 비싼 물건을 보내와 내 현재를 교묘하게 비웃는다고 생각했다. 삼 년 전 그가 금발의 여자와 함께 이 책방을 방문했을 때도 나는 반갑거나 설레지 않았다. 그는 송도 국제도시에 있는 호텔에 머물면서 우리들의 생모를 찾는 중이라고 말했다. 나는 관심도 없는 지나간 과거를 그가 집요하게 캐내는 것이 불쾌했다. 건성으로 대하는 내 태도에 그는 화내지 않았고 만날 때마다 손을 잡으려고 했는데 나는 어색해 곧바로 손을 뺐다. 그의 휴가 기간이 끝날 때까지 나의 바람대로 우리의 생모는 찾아낼 수 없었다.

제이슨은 떠나기 전날 다시 책방으로 찾아왔다. 나는 문을 닫으려다 그가 들어서는 것을 보곤 말없이 책 기둥에 기대앉아 담배를 꺼내 물었다. 그가 담배는 몸에 해롭다며 건강을 염려하는 말을 했지만 나는 들은 척도 하지 않았다. 우리는 말없이 앉아 바로 눈앞에 꽂혀있는 책등에 시선을 두었다. 나는 책의 제목을 읽은 후 작가의 약력을 떠올렸다. 그가 나에게 담배 하나를 달라고 말하며 내 곁으로 당겨 앉았을 때는 좀 편안한 기분이 되어 담배에 불을 붙여주었다. 그의 양부모가 제안한 재입양을 거절하기 잘했다고 그는 말했다. 나는 입꼬리를 올리며 비웃는 표정으로 곁에 앉은 그를 쳐다보았다.

"늘 보고 싶다고 말한 건 너였어."

제이슨은 양어머니가 자신을 만졌다고 말했다. 처음에는 목욕을 시켜주다가 약간 이상하게 더듬는 것을 알아차렸다. 양아버지가 집을 비울 때마다 노골적으로 침대로 끌고 가 옷을 벗겼다고 말했다. 나는 종이컵을 그의 양어머니 얼굴이라 여기며 담뱃불을 종이컵에 비볐다. 화가 풀리지 않아 종이컵을 구겼다. 내가 입 밖으로 소리 낸 욕을 알아들었는지 그가 끅끅거리는 소리를 냈다. 나는 그를 쳐다보았다. 그의 얼굴이 눈물로 번들거렸다.

"형이 너무 보고 싶었지만 형이 오지 않아 다행이라 생각했어."

그때 붙잡았어야 했다. 함께 우리를 낳은 여자의 묘라도 찾아보자고 손이라도 잡았어야 했다. 위로를 할 수 없더라도 가슴을 열어 보였어야 했다.

사진 속에 있는 반백의 제이슨은 신기하게도 현재 거울 속의 나와 똑같았다. 청년 시절에 보낸 사진에서는 나와 닮은 부분을 찾아볼 수 없을 정도로 다른 얼굴이라 여겼다. 나는 제일 안쪽에 있는 책꽂이 앞에 간이 사다리를 세우고 올라갔다. 책장의 제일 꼭대기에 꽂혀 있는 볼프강 보르헤르트의 『이별 없는 세대』를 꺼냈다. 책의 갈피를 넘기다 오랜 시간 동안 책갈피 틈에서 얼굴을 맞대고 있었던 사진 두 장을 꺼냈다. 태어나자마자 나에게 들러붙은 것이 슬픔이었다. 나는 슬픔을 알아보고 슬픔을 흡수하는 능력을 가졌다고 생각했다. 그 외의 감정은 나와는 거리가 먼 것으로 여겼다. 아직은 뭐라 말할 수 없는 낯선 어떤 감정이 그의 사진을 펼쳐볼 때마다 일렁거렸다. 두 개의 사진 중 내 것이 아닌 사진을 꺼내 내 얼굴에 비볐다. 빗소리가 들렸다. 누군가 다가오는 발소리 같았다. 비에 젖어드는 어둔 골목을 내다보았다.

어머니의 말씀

안종수

거실은 텔레비전 드라마 소리로 가득하다. 불륜 현장을 들킨 장면의 고함 소리와 몸싸움이 극으로 치닫고 있다. 네 사람은 빨려들듯 텔레비전 화면에 집중해 있다.

"기와집말 김 주사 말여, 점잖고 훤하게 생긴 사람이었는디 문간방에 세 들어 사는 젊은 예팬네 방에 들락거리다가 서방한티 들켜서 뒈지게 맞고 시름시름 앓다가 죽었어."

어머니의 말에 세 사람은 못들은 체 텔레비전만 바라보고 있다. 아내는 또 시작이라는 표정으로 나를 흘낏 쳐다본다. 아내는 볼륨을 좀 더 높인다. 좀 더 텔레비전 드라마에 몰두하고 있다는 것을 보여주기라도 하는 것처럼.

"그 김 주사 아들이 바루 농협 다니던 옥선이 아버지 아녀. 얼추 칠십은 됐을 껴."

텔레비전 볼륨이 더 높아진다. 머리칼을 잡힌 정부의 비명이 거실을 울린다. 높아지는 볼륨에 짜증을 내며 아내 쪽을 건너다보았지만 아내와 딸은 아랑곳하지 않고 텔레비전 화면에 빠져 있다.

어머니의 기억은 각인되어 절대로 지워지지 않는 판본과 같았다. 언제고 관련된 상황이 발생하면 자동 설정되어 있던 프로그램이 재현되는 것이었다. 어머니의 말은 컴퓨터를 켜자마자 바탕화면에 뜨는 시작메뉴에 넣어진 프로그램과 같았다.

나는 어머니의 이야기에 등장하는 인물들을 대충 알고 있었다. 얼굴도 모르고 벌써 이 세상 사람이 아닌 이들도 있다. 얼굴을 보지 못했지만 그래도 언젠가 본 것처럼 생각되는 것은 어머니의 반복되는 이야기를 통한 착각일 것이다. 그만큼 어머니의 이야기는 줄기차게 반복되어 어느 때는 토씨 하나 틀리지 않고 그대로 전해지는 경우도 허다했다.

드라마는 끝났다. 어머니와 아내는 방으로 들어가고 거실에는 둘뿐이다. 딸은 채널을 재빠르게 돌려대더니 곧 낄낄대기 시작한다. 잡다한 이력을 지닌 연예인들이 모여서 시시덕대고 있었다.

"저런 프로그램 보면서 낄낄대는 수준이라니. 요즘 대학생들 문화 수준 너무 낮은 거 아냐?"

딸애는 못들은 척 만면에 웃음을 띠고 화면에 몰입해 있다.

"늦게 귀가해서 겨우 저런 프로나 보다가 늦게 자고 늦게 일어나고, 악순환이 따로 없지."

딸은 고개도 돌리지 않고 핀잔을 준다.

"아빠, 텔레비전 좀 보자. 텔레비전 볼 땐 말 좀 시키지 마세요."

내가 어머니에게 하고 싶던 말이다. 나는 어머니에게 그 말을 못하는데 딸은 내게 그 말을 한다. 버릇없다고 야단을 쳐야 되는 상황인데 그만둔다. 이런 상황에서 야단을 치면 권위도 서지 않고 더 시끄러워진다. 텔레비전의 시시덕대고 낄낄거리는 소음을 피해 자리를 떠난다.

온 가족이 다 함께 모일 수 있는 장소는 식탁과 거실의 텔레비전 앞이다. 그나마도 흔하지 않다. 아들은 제쳐두고라도 딸이 일찍 들어오는 날이래야 가능한 모임이다. 어머니는 식사 중에 말하는 것을 좋아하지 않는다. 어머니가 집 안에서 대화를 할 수 있는 시간은 많지 않다. 가족 중 누군가가 곁에 있다 하더라도 대화에 응대해주어야만 가능한데 그게 쉽지가 않다. 고작 간단한 질문에 예, 아니요로 대답하는 단답식의 대화가 대부분이었다. 그것도 마지못해서 성의 없이 응답하는 수준이었다. 어머니의 청력은 하루가 다르게 저하되고 있었다. 보통 음성으로 얘기해서는 알아듣지를 못한다. 그러니 자연스레 어머니와의 대화가 줄어들게 마련이었다.

오늘도 귀가하자마자 바쁘게 외출 준비를 하는 아들에게 어머니는 늘 하는 질문을 던진다. 저녁은 먹었냐? 아뇨. 그럼 어서 씻고 밥 먹어라. 또 나가냐? 예. 언제 들어와? 술 조심하고 일찍 들어와. 예. 어머니가 끔찍이 여기는 손자는 고작해야 예, 아니요가 응답의 전부다. 어머니가 묻는 말에 응답을 해도 알아듣지 못하고 다시 물어오면 목소리를 높여야 한다. 소리를 높여 대답하는 음성에 짜증이 묻어났다. 아들 녀석에게 호통을 치고 싶지만 그만둔다. 당신의 아들인 나도 별 볼 일 없었다.

어릴 적 어머니의 이야기에 넋을 잃었었다. 재미있었다. 어머니는 이야기를 맛있게 했다. 나는 굶주린 아이가 음식을 탐하듯 어머니의 이야기를 탐했다. 어머니는 옛날이야기 좋아하면 가난하게 산다고 하면서도 눈을 빛내며 이야기를 탐하는 내게 다른 어떤 형제보다도 많은 이야기를 해주었다.

지금도 기억에 생생한 이야기들은 대부분 출처가 분명하지 않은 구전이나 토막 야사 등이었다. 좀 나이가 들면서 어머니의 어릴 적 회상부터 주변인들 이야기로 변했다. 특히 가난한 집에 시집와서 일가를 이루기까지의 가족사가 주를 이루었다.

어머니는 무학이었다. 독학이라고 해야 할지 모르겠지만 살아오면서 스스로 한글과 기초 산술을 익혔다. 가감산은 물론 곱셈구구까지 익혔다. 원래 총기가 좋고 판단력이나 통찰력이 뛰어났다. 특히 기억력이 좋았다.

아쉬운 점이 있다면 생활 반경이 좁아 보고 들은 세상 이야기 거리가 한정되어 있다는 것이었다. 어머니 또래 거의가 그렇듯 어머니의 생활 반경은 고향 마을 주변이 다였다. 어머니가 태어나 16세에 시집와서 70년이 넘게 사신 마을이 전부였다 해도 과언이 아니다.

친정 마을과 시집 마을은 시내와 들을 사이에 두고 마주 보는 위치에 있다. 우리 집에서 외갓집이 보이고 외갓집에서 우리 집이 보이는 거리 사이에 어머니의 80년 세월이 있었다. 어머니의 이야기 중 신변잡기는 거의 모두 넓지 않은 생활 반경을 살아오면서 겪은 것들이었다. 가족, 친족, 마을 사람들, 이웃 사람들 이야기가 많을 수밖에 없었다.

세월이 흐르면서 이야기의 내용이나 표현이 더 구체적으로, 또는 뉘앙스가 달라지는 것은 내 나이 때문일 것이다. 같은 이야기라도 내 나이에 따라 어머니의 이야기는 다르게 전해졌을 것이다. 기억은 기억력이 좋았을 때 저장된 것이 오래가고, 나이 들어 기억한 것들이 쉬 지워지는 것은 당연하다. 어머니는 한창 때

의 기억을 먹고사는 나이가 되었다. 이 세상을 떠난 사랑하고 다
정했던 사람들을 그리면서 이제 얼마 남지 않은 세월을 아슬아슬
한 기분으로 조심스레 살아가고 있는 것이다.

먼저 보낸 자식들과 남편, 아직 살아 있지만 걱정 근심을 지
울 수 없는 자손들을 생각하며 지금까지 살아온 세월을 흐뭇하게
바라보며 원 없이 생을 마감할 정도는 아니다. 그건 내 개인적인
생각이지만 거의 확실하다. 그렇다고 어머니께서 남은 생을 안달
하며 매달리는 그런 나약한 분은 결코 아니다.

되돌아보면 참 어려웠던 날, 세상 참 좋아졌다고 탄식처럼 되
뇌고, 사라진 것들에 대한 애틋한 그리움과 막 사라지는 것들에
대한 진한 안타까움을 토로하며 남은 생이 길지 않음을 받아들여
야 하는 어머니의 이야기들을 나는 별 대꾸 없이 듣고만 있다.

"그깟 처이모가 뭔데, 음식 대접에 용돈까지. 그것도 이모 셋
씩이나 초대해서. 그때 먹은 보리밥이 어찌나 맛있던지."

어머니는 작은 은혜를 잊지 않고 기억해두었다가 텔레비전에
서 보리밭이 나오자 어김없이 그 얘기가 흘러나왔다. 다섯 번은
넘게 들은 이야기였다. 처음 들었을 때는 맞장구를 치며 식사를
대접한 이종사촌 동생이 어디 사는지, 동생의 남편이 무슨 일을
하는지 물어본 기억이 났다.

나도 이제는 변했다. 몇 년 전만 해도 어머니의 이야기에 맞
장구를 치며 같이 흥분하고 같이 분노했었다. 그러는 척이라도
했었다. 그러나 이제는 몇 번이고 들은 이야기가 대부분이라 건
성으로 듣는 척하다가, 급기야는 어머니가 이야기를 시작하면 못
들은 체하기도 한다.

"모란다리 밑에서 저거 할 때, 근동에 있는 동네 사람들 하나도 빠지지 않고 다 모였다. 그렇게 많은 사람들이 모여서 구경한 건 처음이었을 거여. 아들들이 저놈 죽이라고 울부짖으며 내달으니께 경찰들이 부여잡고 말리고 난리가 났었지."

강화 모녀 피살 사건 현장검증 보도를 보고 있는데 어머니의 말이 들려왔다. 초등학교 유치 문제로 농촌에서는 보기 드문 권총 살인 사건 현장검증을 두고 한 말이었다. 산골짜기 동네에 학교를 유치하지 못한 원한으로 지역 유지를 권총으로 사살한 사건이었다. 영구 미제 사건으로 남을 줄 알았었는데 집수리를 하던 중 천장에 감춰두었던 권총이 발견되어 사건의 전모가 드러났던 것이다. 범인은 이웃 동네 출신의 공무원이었다.

어머니는 내가 모르는 줄 알고 있었을까. 나는 이미 어머니에게 몇 번이나 들어서 알고 있는 이야기였다. 어머니에게도 나에게도 기가 막힐 정도로 굉장한 뉴스였다. 그러나 이제는 이미 몇 번 반복해서 들은 지난 얘기에 불과했다.

처음 그 얘기를 들었을 때는 현장검증을 보러 구름처럼 모인 사람들 만큼이나 흥분해서 이것저것 물어보기도 하고 탄식을 하기도 했다. 죽은 사람은 나도 잘 아는 사람이었고, 살인범은 초등학교 동창의 친오빠였으니 당연했다. 그러나 이제는 아니었다. 살인 사건도 현장검증도 벌써 몇 십 년 전의 옛이야기였다. 나는 무심코 어머니의 말을 끊었다.

"조심해야 돼. 아는 사람이라고 다 믿을 수 없는 세상이야. 범죄는 아는 사람들 사이에서 더 많이 발생하는 법이거든."

나는 아내와 딸에게 말하고 있었다. 어머니의 존재를 무시하고 있었던 것이다. 더 정확하게 말하자면 어머니의 말을 공격하고 있었다. 어머니는 무슨 말인가 더 하려다가 멈췄다. 이런 상황이 처음은 아니었다. 많이 들었던 얘기가 나오면 중간에 끊기 위해 딴청을 부리듯 내 얘기를 했다. 버릇없고 싸가지 없는 일인 줄 알면서도 어쩔 수 없이 어머니의 말을 끊었다. 남의 말을 중간에서 끊는 사람만큼 재수 없는 인간이 없다고 생각하면서도 나는 정작 어머니의 말을 끊고 있었다.

뉴스가 끝나고 드라마가 방영되고 있었다. 바람난 남편을 윽박지르는 장면이었다.

"요즘 예팬네들이란 어째 저 모양이여. 어디다 남편에게 저렇게 독살을 떨어. 세상이 어떻게 돌아가는 건지 테레비에서도 노냥 저런 것만 나오고."

어머니는 남자의 잘잘못은 따지지 않고 무조건 여자만 욕을 했다. 남자를 잡고 사는 요즘 여자들은 모두 싸가지 없는 여자들이었다. 절대로 여자가 그러면 안 된다는 것이었다. 남편을 하늘처럼 여기고 섬겨야 되는데 요즘 여자들은 남편을 똥친 막대기처럼 여긴다는 것이었다. 사실 어머니는 아버지를 끔찍이 위했다. 어머니가 살아온 아내의 길은 조신하고 헌신적인 현모양처의 정도였다.

어머니가 요즘 여자들을 욕하는 것은 못마땅한 며느리들 때문인지도 모른다. 깔끔하고 알뜰한 어머니의 눈에 며느리들의 행태는 눈에 차지 않았다. 아내도 못마땅한 며느리에 속했다.

솜털이 보소소하고 뽀얀, 연한 참베 같은 여자를 고르라던 어머니의 말씀이 생각났다. 세모시는 아니라도 수수하게 차려입은 화장기 없어도 뽀얀 여자가 최고라는 말씀이었을 게다. 그러나 어쩌랴. 남자는 결혼을 하고 나야 진짜 여자가 보이는 법이다. 결혼하기 전에는 누구의 말도 소용없다. 지내봐야 안다. 인생에는 연습이 없기에 후회하는 것 아닌가.

"요즘 것들은 그저 버리는 게 일여. 남은 음식에 멀쩡한 옷에 신발까지 버리기만 하니. 옛날에는 쌀 한 톨이라도 버리면 죄로 간다고 벌벌 떨었는디."

일정 시대에도 장롱에다 쌀을 감추어 두었다가 시부모의 생일날 쌀밥을 해주었다고 했다.

"요즘은 식당에서 아르바튼가 뭔가 하는 학생들도 쌀 두어 말 값을 받으니 말하면 뭘햐. 아버지는 쌀 한 말 고지 받아먹으면 열흘 넘게 일을 해줬으니."

수도 없이 수시로 들은 얘기다. 세상 참 살기 좋아졌다고 탄식처럼 말하는 속내에는 사라지고 버려지는 것들에 대한 안타까움이 짙게 묻어 있다. 고지 쌀이란 대신 일을 해주기로 하고 춘궁기에 미리 얻어먹는 쌀을 말한다. 한창 바쁜 모내기 철에 있었던 일을 어머니는 두고두고 얘기하신다. 우리 집 모내기를 하던 날, 밥을 해서 광주리에 이고 가보니 아버지가 없더란다. 논에는 글만 읽어 농사에 서툰 큰아버지와 어린 삼촌이 모내기를 하고 있었다. 알고 보니 아버지는 고지 쌀을 얻어먹은 이 주사에게 끌려갔다는 것이다. 어머니는 집에 돌아와 치마에 얼굴을 묻고 하염없이 울었다고 했다. 그 후로 아버지는 굶는 한이 있어도 고지 쌀은 먹지 않았단다.

어머니는 지금도 물건 값을 쌀값으로 환산한다.

"족발 하나 시켜 먹고 쌀 한 말 값도 더 내야 하니."

쌀 한 말 값, 쌀 한 가마니 값이 지니고 있는 가치에 혼란을 느끼고 있었다. 돈의 가치가 쌀값으로 정해졌던 시대에 살던 어머니에게 요즘의 쌀값과 쌀의 가치 하락은 충격에 가까웠다. 쌀 한 톨이 수채에 버려지던 것도 죄로 간다고 여기던 어머니에게 찬밥 덩어리를 폭 쏟아 엎어 쓰레기로 버리는 행태는 분노에 가까운 충격이었을 것이다.

"옛날 사람들 불쌍하지. 이렇게 좋은 세상이 될 줄 누가 생각이나 했나. 좋은 세상 못 보고 죽은 사람들만 억울하지."

옛날에는 못살고 고생을 했는데 지금은 살기가 좋아졌으니 억울하다는 말을 들을 때면 마음이 답답해진다. 세상은 눈이 핑핑 돌 정도로 변하고 앞으로 어머니가 상상할 수 없을 정도로 발전할 것이라는 것을 알려주어야 실감을 하지 못할 터였다. 어머니에게는 어머니가 고생하던 옛 시절과 지금이 있을 뿐이었다. 단순히 이분법적인 역사관이 있을 뿐이었다. 이제 살날이 많지 않은 어머니의 억울하다는 말은 내 가슴을 먹먹하게 한다. 그래서 어쩌란 말이냐고 되묻고 싶은 심정이 되는 것이다.

어머니가 무슨 말인가를 시작했는데 내가 딴청을 피웠는지 옆에 앉은 딸이 내 옆구리를 찔렀다. 바라보니 지금 할머니 말씀하시는 데 왜 딴청을 부리느냐는 지적이었다. 이 지경이 되면 딸에게 면목이 서질 않는다.

딸은 나이에 어울리지 않게 기특한 구석이 있었다. 특히 제 할머니에 대한 마음 씀씀이가 그랬다. 어머니의 신세 한탄을 들어주고 반복되는 질문에도 귀찮아하지 않고 상냥하게 응답을 했다. 어머니가 좋아하는 군것질거리를 사 들고 들어와 대접을 하는 모습을 보면서 다행이라는 생각이 들었다.

"딸 낳았다는 소식을 듣고 섭섭했었는디 지금은 손자들 다 합친 거보다 나서. 얼마나 상냥한지. 손자 놈들은 크니께 뚝뚝하고 소용없어. 손녀가 최고여."

어머니는 날이 갈수록 딸을 신뢰하고 아끼는 마음이 더해가는 것 같았다. 내가 보아도 딸애는 진심으로 제 할머니를 위하고, 외로움을 위로하려고 애를 썼다. 내가 출근하고 집에 없을 때 어머니는 딸에게 많은 이야기를 한 것 같았다. 딸이 내게 더 알고자 묻는 것이 늘어났다. 대체로 전에 어머니로부터 수도 없이 들은 얘기들이었다. 이제 자식들이 들어주지 않으니 대신 손녀에게 들려주고 있다는 생각이 들었다. 죽기 전에 못 다한 말이 있을까봐 당신의 얘기를 잘 들어주는 내 딸에게 전했다.

"아빠, 아빠 어릴 때 그렇게 착했어? 할머니는 아빠 어릴 때 칭찬 많이 해."

손자 손녀 앞에 놓고 제 자식 칭찬은 하지 않더라도 욕할 부모는 별로 없을 것이었다. 제 자식 나쁜 점은 작게 보고 좋은 점은 크게 부풀려 보려는 것이 부모 마음 아니겠는가. 그러나 칭찬만은 아니었다. 딸애가 더 자세하게 알고 싶거나 확인하고 싶어서 물어오는 것들에는 선뜻 대답해줄 수 없는 이야기도 있었다. 이런 이야기까지 할 정도로 손녀를 신뢰하는지 의아할 정도였다. 어머니가 딸에게 해준 얘기는 내 가족사이기도 했다. 내 형제들의 애환과 영욕이 교차하는 산 역사였다. 어머니는 당신의 말을 잘 들어주는 손녀에게 당신의 가족사를 들려주고 있었다. 그러나 전부는 아니었다. 객관적이지도 않았다. 숨기고 싶은 치부는 드러내지 않고 있었다. 어머니의 피붙이에 대한 비판이나 비난은 없다는 것이었다.

어머니는 남에게 책잡히는 것을 두려워했다. 특히 조상들 제사에 무척 신경을 썼다. 제사는 아직까지 어머니가 주관할 수 있는 유일한 집안 행사였다. 어머니에게 제사는 종교 행위였다. 이를 소홀히 한다는 것은 바로 불경이었다. 어머니는 틈만 나면 책잡히지 않고 제사를 지내기 위해 준비하는 것을 게을리하지 않으셨다.

어머니는 조부모와 증조부모의 기일은 물론 외가의 중요한 기일을 모두 기억하고 있었다. 종손 며느리는 아니었지만 기일이 되면 고기 근이라도 싸들고 꼭 참여했다. 아버지 기일에는 손수 전을 부치며 제물을 준비하고 정성껏 담아내는 일을 맡아 하셨다. 기억하고 준비하고 제물을 올리는 과정이 곧 아버지를 기리는 일종의 예배였던 것이다.

"당장 먹을 것 없어도 고지 쌀을 받아서 제사는 지냈다. 즈이 조상 제사도 못 지내는 사람들은 사람 구실을 못하는 거여. 조상 은덕 볼라구 제사 지내는 게 아녀. 조상 받드는 마음이 중한 겨."

몇 년 전부터 고향에서 지내던 아버지 제사를 우리 집으로 옮겨왔다. 어머니는 아버지의 혼이 이 아파트를 찾아올 수 있을까 걱정하시는 눈치였다. 그렇다고 어머니가 사후의 세계를 전적으로 믿는 것은 아니었다. 필요에 따라서 어떤 때는 혼령을 믿다가도 죽으면 그만이라는 생각을 갖기도 했다.

며칠 전에 글씨가 큰 책을 빌려다 드렸다. 초등학교 저학년용

도서였다. 종이는 두껍고 쪽수는 적고, 글씨는 큼지막한 책들이었다. 이순신, 안중근, 유관순, 어린이 명심보감, 전해오는 옛날이야기, 장화홍련전 등이었다. 어머니는 옛날 아버지가 어머니에게 읽어드리던 투로 소리 내어 읽으셨다. 너무 재미있다고 하시며 해가 넘어갈 때는 햇빛이 남아 있는 창가에 바싹 붙어 열심히 읽으셨다. 책을 읽는 재미에 빠지신 어머니를 보고 왜 진작 그 생각을 못했을까 후회를 했다.

어머니는 이순신 장군이나 안중근도 어린 시절 어렵게 살았다는 얘기를 해주셨다. 드디어 경험이나 들은 이야기가 아닌 책을 읽고 알게 된 내용을 말로 옮기기 시작하신 것이었다. 어머니 말씀의 폭이 넓어지고 다양해진 것은 좋으나, 어머니의 말씀을 들어줄 준비는 항상 부족하다는 게 문제인 것이다.

어머니는 책을 읽고 한동안 거듭 감탄하면서 위인들의 얘기를 반복했다. 당신이 책을 읽어 얻은 지식을 남에게 얘기하고 싶어서 어쩔 줄 몰라 하는 모습이었다. 특히, 유관순, 한석봉, 세종대왕에 대한 얘기를 많이 했다.

"고 어린 것이 감옥에서도 일본 순사들한티 끝까지 해라를 하며 대드는 걸 보면 얼마나 당돌한 겨."

한석봉이는 얼마나 재주가 좋은지, 세종대왕은 얼마나 백성을 사랑하는지를 금방 한글을 깨친 아이가 신이 나서 큰 소리로 책을 읽듯 말했다. 그러나 가족들의 반응은 신통치가 않았다. 너무 잘 알고 있는 빤한 이야기였기 때문이었다. 다른 가족들에게는 빤한 얘기였지만 어머니에게는 대단한 것이었다. 당신이 처음으로 책을 읽어 얻게 된 얘기였기 때문이다. 나는 빙긋이 웃으며 맞는 말이라는 투로 수긍을 해주는 것이 고작이었다. 깜짝 놀란 듯이 반응하며 어머니의 독서 체험을 칭찬해주지 못하는 내가 이상했다. 이 나이에 벌써 감정이 뻣뻣하게 굳어가는 것인가. 마음이 점점 인색해지는 것이 아닌가 하는 생각이 들었다. 둥글둥글하고 원만하게 나이를 먹어야 되는 것 아닌가, 이건 아닌데 하는 자괴심이 들기도 했다.

가끔 어머니에게 술대접을 한다. 대접이래야 별거 아니다. 어머니가 좋아하는 족발이나 순대, 머릿고기를 안주 삼아 소주나 막걸리를 마신다. 족발을 먹을 때면 으레 외조부 얘기를 한다.

"아이를 가졌을 때 모란 고깃집에 돼지족발 나오면 갖다 주라고 시켜서 돼지만 잡았다 하면 돼지족발을 마음껏 고아 먹었어."

치아가 부실해서 고기를 맘껏 씹지를 못해 오물거리는 정도다. 가족들이 외식을 할 때마다 신경이 쓰였다. 특히 고기를 먹을 때는 안쓰럽고 미안했다. 틀니를 해드리려고 했으나 치과를 다녀오더니 그냥 이대로 살겠다고 하셨다. 틀니를 하기 위해 몇 개 남은 이를 빼고 치료하는 과정이 부담스러웠던 것이리라.

"외할아버지는 돌아가시기 전 일주일간은 곡기를 끊고 술만 한 사발씩 드시다가 돌아가셨다. 그래도 숨넘어가실 때까지 꼿꼿하셨어."

어머니의 외조부에 대한 존경은 경외에 가까웠다.

"외할아버지가 큰기침 한 번만 해도 집 안이 숨을 죽일 정도로 엄하고 무서웠지. 어디 감히 대거리를 해. 벼락이 떨어질 일이지."

아마도 할 말 못할 말 대놓고 해대는 아내와 자식들을 제대로 휘어잡지 못하는 자식들 꼴이 못마땅하셨을 것이다. 아무리 세상이 변했어도 며느리들이 시어머니 앞에서 남편에게 말대꾸는 물론 큰소리까지 치는 모습은 기가 막힐 행태였을 것이다.

"남정네 알기를 우습게 아는 년들처럼 무식한 여편네가 없지. 남편은 하늘인 겨. 어디다가 눈을 똑바로 뜨고 대들어."

텔레비전 드라마에서 부부 싸움하는 모습을 보면 으레 여자를 욕한다. 함께 시청하던 아내는 켕기는 게 있는지 못들은 체하고 있었다. 아내는 아마 드라마 속의 여자와 자신을 싸잡아 욕하는 기분이 들지도 모른다는 생각이 들었다.

아버지와 어머니는 금실이 좋았다. 그렇다고 어머니가 아버지에게 대들지 않은 것은 아니었다. 대들었다기보다는 바른말을 했다고 해야 옳았다. 딱 한 번 부부 싸움을 하는 것을 보았다. 아버지가 어머니의 뺨을 때렸던 것이다. 우리들은 엄청 놀랐다. 아버지가 어머니에게 폭력을 행하는 것을 처음 보았기 때문이었다. 그러나 더 놀랄 일은 다음에 벌어졌다. 어머니가 기절을 했기 때문이었다.

"아니, 여보 왜 이랴. 정신 차려 이 사람아."

아버지는 어머니를 안고 우리들에게 소리를 질러댔다. 물 떠 와라, 빨리 와서 어머니 주무르지 않고 뭐하느냐. 우리 형제들도 벌벌 떨며 어머니를 주물렀다. 그렇다고 뺨 한 대 맞고 기절한다는 것이 이상했으나, 어머니는 연기가 아니라 정말로 기절한 것 같았다. 어머니는 물을 마시고 몇 분 후에 깨어났다. 아버지는 어머니에게 싹싹 빌었다.

지금 생각해도 그때 어머니가 연기를 한 것이 아니라는 생각이 들었다. 사랑하는 남편에게 애들이 보는 앞에서 빰을 맞았다는 것 자체가 엄청난 충격이었던 것이다. 열여섯에 시집와서 아버지와 60년간 해로하면서 처음으로 당한 손찌검이었다는 것이었다. 기절을 할 만도 했다는 생각이 들었다.

"열여섯에 시집와 보니께 좁은 집구석에 식구만 그들먹해서 하루하루 밥 한 그릇 맘 놓고 먹지를 못했다. 부엌에서 윗동서 둘에 시누이하고 한 그릇에 담아 서로 눈치 보매 몇 숟가락 뜨면 그만여."

부엌 바닥에 앉아 서로 눈치를 보아가며 세 며느리와 시누이가 밥을 먹는 정경이 떠올랐다. 꽁보리밥 한 덩이에 열무를 넣고 비빈 밥을 숟가락으로 최대한 크게 떠서 두세 번 먹으면 빈 그릇이 되는 허기를 채우느라 대접으로 물을 들이켰을 것이었다.

"참, 드런 시상이었지. 그때 생각하면 지금은 참 좋은 시상여. 옛날 고생한 사람들만 억울하고 불쌍하지."

옛날에는 힘들고 지금은 살기 좋다는 말끝에는 어김없이 억울하고 불쌍하다고 자탄을 한다. 억울하고 불쌍한 사람들 중에는 이미 돌아가신 아버지를 위시해서 어머니의 친가 처가 외가를 비롯한 친족들과 지인들을 의미할 것이었다. 그 대표는 물론 어머니 자신이었다. 어머니의 이런 자탄을 들으면 문득 아버지를 기가 막히게 해서 혼이 났던 기억이 떠올랐다. 부모가 뼛골 빠지게 고생을 해서 자식들을 키웠으니 자식은 응당히 부모 은공을 잊지 말고 효도를 해야 한다고 했을 때 나는 어눌한 음성으로 말했었다.

"그건 품앗이 같은 것 아뉴?"

"뭐여? 품앗이!"

"할아버지 할머니가 고생하면서 아버지를 길렀으니께, 아버지두 우리를 고생하면서 기르구, 나두 내 자식을 길러주구, 이게 품앗이나 마찬가지잖어유."

"뭐여, 이눔아⋯."

아버지는 한동안 기가 막힌다는 듯 말을 잊지 못했다. 뒤이어 싸가지 없다는 호통과 함께 지나간 잘못까지 죄다 끌어모아 한꺼번에 꾸중을 들어야 했다. 지금 어머니에게도 그런 말을 해주고 싶은 충동이 드는 것은 분명 짜증이 난다는 증거였다.

실은 억울하고 불쌍하다는 어머니의 말은 우리나라 현대사가 증명하고도 남았다. 일제강점기와 해방, 한국전쟁을 겪은 어머니 세대는 근대에서 현대로 넘어가는 격랑의 세대였다. 어머니 표현대로 왜정시대에 태어나 결혼하고, 인공난리를 겪으며 애 낳고 길러서 이제 좋은 세상이 되니까 눈귀 어둡고 치아도 부실하여 먹고 싶은 음식 제대로 씹지 못하니 억울하다는 말씀이셨다. 이건 어머니만의 억울함이 아니라고 짜증을 낸다면 나야말로 못난 불효자임에 틀림없다.

"왜놈들 쌀 공출에 다 빼앗기고 쌀이 어디 있어. 그래두 장롱 안에다 두어 됫박 감춰뒀다가 시부모 생일날 미역국에 쌀 한 줌 올려 밥해드렸어. 할아버지 할머니가 이게 웬 쌀이냐구, 놀라셨지."

어머니가 쌀 이야기를 할 때면, 특히 장롱 속에 감추어두었던 쌀 이야기를 들으면 쌀이 무슨 패물처럼 느껴질 때가 있었다. 외할머니에게서 배웠던 타고났던 간에 어머니의 웃어른 공경은 남

다른 데가 있었다. 보여주기 위해서 꾸며진 것이 아니라 몸에 배인 타고난 천성인 것 같았다.

"요즘 여자들 남자 알기를 뭐같이 알고, 제 새끼, 제 입만 알지 남편 위할 줄을 몰러."

아버지를 위해 몸에 좋다는 음식을 정성껏 만들어 드렸던 기억이 떠올랐다. 특히 옻닭을 자주 해주셨다. 우리들이 침을 삼키며 바라보면 이건 아버지 약이라고 했다. 아버지가 조금씩 나누어 주면 어머니는 보약은 나누어 먹으면 효과가 없다고 성질을 내시곤 했다.

지금도 밥상을 받을 때마다 내 밥공기가 저게 뭐냐고 타박을 한다. 아내에게는 밥 좀 꾹꾹 눌러서 큰 공기에 퍼주라고, 나에게는 밥 좀 많이 먹으라는 소리가 자동으로 나온다. 먹고 싶은 것 못 먹고 살던 때에 한이 맺히셨는지 지금도 먹을 것만 있으면 아직도 다 큰 자식 더 먹이려고 안달을 한다. 특히 고기를 구워 먹을 때면 처자식이 다 먹고 나는 고기만 굽는다고 따로 쌈에 싸서 입에 넣어준다. 그럴 때면 딸은 나를 쿡 찌르면서 할머니 눈치 안 보이게 아빠도 열심히 먹으라고 눈짓을 한다. 식사가 끝나면 딸애는 넌지시 내게 말하곤 한다.

"아빠, 할머니가 나 엄청 좋아하는 줄 알았는데, 음식 먹을 때만 되면 너무 티가 나셔. 아들밖에 모르셔. 편애가 너무 심해."

"당연하지. 너도 시집가서 애 낳아보면 알게 돼."

퇴근해서 소파에 앉으면 습관적으로 텔레비전을 켠다. 나는 어머니가 좋아하는 프로를 꿰뚫고 있다. 퇴근을 일찍 하는 편이라서 〈6시 내 고향〉을 볼 수 있다. 촌락의 생활 모습과 노인들의 삶의 모습을 보며 기꺼워한다.

"뭐든지 나중에는 차려놓고 푸짐하게 먹어. 음식도 빨리하
고."

특산물을 소개하고 나면 무치고 지지고 부쳐서 마을 노인들
이 모여 먹는 모습을 보게 된다. 어머니가 제일 부러워하는 모습
이었다. 고향 마을의 친구들과 형님 동생으로 불리며 함께했던
노인들 생각이 절절할 것이었다.

어머니의 친정 동네와 우리 동네는 정안천과 새들을 사이에
두고 마주 보는 위치에 있었다. 우리 집에서 외갓집이 보이고 외
갓집에서 우리 집이 보이는 하천과 들 사이에 어머니의 80년 세
월이 있었다. 아버지가 돌아가시고 고향인 정안골을 떠나 우리
집으로 오시게 되었을 때 얼마나 맘고생이 심했는지 잘 알고 있
다. 친정이 바라다보이는 동네, 아버지와 함께 일가를 이루고 집
을 두 번이나 짓고 살았던 곳에서 떠날 때는 모두를 다 버리고 떠
나는 심정이었으리라.

그때 어머니는 한사코 아버지가 지은 집에서 혼자 살기를 원
하셨다. 나도 은근히 어머니 편을 들어주고 싶었다. 혼자 사시는
것이 외롭더라도 태어나서 어언 80평생을 살아오신 친구들이 있
는 정안골에 남아 계시는 것이 나을지도 모른다는 생각이 들었기
때문이었다. 그러나 주위 사람들은 어머니와 나를 그냥 놔두지
않았다. 아버지가 돌아가시고, 아들이 어머니를 모시겠다는데
홀로 사시겠다고 우기는 것은 자식들 욕먹이는 거라고 말렸던 것
이다. 특히 어머니가 끔찍이 여기는 종손의 '삼종지도'라는 여자
의 도리에 설득되어 결국은 고향에 홀로 살고자 하는 마음을 접

어야 했다. 여자는 남편이 죽으면 아들을 따라야 한다는 도리에 기꺼이 자신의 욕구를 버리신 것이다.

어느 날 딸애가 어머니가 자기에게 해준 이야기 목록을 적어 주었다. 딸애가 적어준 이야기 목록을 살펴보니 나도 익히 알고 있고 몇 번이나 반복해서 들은 이야기들이었다. 그중에는 범상치 않은 사건도 있었지만 대부분은 어머니께서 살아오시면서 받았 던 분노와 감사, 자랑과 연민이 섞여 있는 고백이나 다름없었다. 그런 것들을 손녀에게 해준 어머니의 심정이 이해가 간다. 딸애 가 어머니의 이야기를 잘 들어주기도 했을 것이고, 딸애에게 느 끼는 믿음과 친밀감 때문이기도 했을 것이었다.

"아빠, 왜 할머니 얘기 잘 안 들어?"

"안 듣기는….."

"할머니 말씀을 건성으로 듣는 것 같아."

뜨끔했다. 건성으로 듣는 정도가 아니라 은근히 속으로는 짜 증까지 내지 않았던가. 또, 그 얘기인가, 토씨 하나 틀리지 않을 때는 더 짜증이 났다. 망설임도 없고, 꾸밈도 없고, 거짓도 없는 정확한 이야기일 뿐이었다. 그래서 더 진부하고 지루했을 터였 다. 옛날에는 애창했지만 지금은 흘러간 멜로디와 가사마저 기억 에서 희미해진 노래였다. 태엽이 다 풀려 맥이 빠져 잦아드는 유 성기의 노래였다.

"너무 많이 들어서 그런가."

나는 빈 들판의 허수아비가 바람에 흔들리듯 텅 빈 기분이 되 어 중얼거렸다. 잠시 침묵이 흐르는 틈새에 문득 언젠가는 지금 곁에 있는 딸애가 내 말에 짜증을 낼 때가 올 것이라는 생각이 들었던 것이다. 늙은 내가 지난 얘기를 할 때, 딸은 딴전을 피며 제 새끼를 어르고 있는 모습이 떠올랐다. 하고 또 하고 반복해서 되풀이했다는 것마저 기억하지 못할 것이다.

지금도 가끔 내가 누군가에게 방금 한 말이 반복되고 있다는 것을 상대방의 눈빛에서 깨달을 때가 있다. 그때의 머쓱했던 기분은 무안함을 넘어 씁쓸하기까지 했다. 그러니까 입 다물고 있으면 중간은 가는데, 괜히 지껄였다는 자괴감마저 드는 것이었다.

어머니는 당신의 얘기가 반복되고 있다는 것마저도 느끼지 못하고 있을 것이다. 지난 얘기 말고는 더 이상 이야깃거리가 없어지고 마는 어머니 삶의 공간은 나이와 함께 좁아지고 있었다.

몇 년 전만 해도 가까운 집안 애경사에 참석하시더니 요즘에는 그 마저도 마다하신다. 날씨가 풀리면 아파트에 거주하는 노인들이 모이는 평상에 나가 앉아 담소도 하고 화투도 치지만, 늦가을부터 초여름까지는 집 안에서만 지내야 하니 안타깝기만 하다. 갈 곳이 없는 것이다. 편치 않은 다리 때문에 조금만 걸어도 숨이 가쁘고 다리가 아프다고 하소연하니, 야외로 모시고 나가기도 수월치 않다. 그러니 생활 반경이라고 집 안과 베란다뿐이다.

베란다에 사각 화분을 들여놓고 채소를 길러본 적이 있다. 아무리 정성을 들여도 먹을 만한 채소 모습을 보여주지 못했다. 채소나 사람이나 근본은 땅이다. 땅에 발붙이고 살아가는 것이 순리이다. 어머니에게 고향 땅은 80년 삶이요 세월이었다. 어머니는 고향에서 모종해 와 베란다 화분에 옮겨진 채소였다.

갈 곳 없이 좁은 집 안에서만 있어야 하니 연금 생활이나 다름없다. 수인들이 바깥 세상사를 접고 지난 얘기만 하듯, 어머니도 지난 얘기만 할 수밖에 없으리라. 지금 얘기라면 텔레비전을 보면서 욕을 하거나 감탄을 하거나 도저히 이해할 수 없는 장면에 기막혀할 뿐이다.

"요즘 여자들은 왜 저모양여. 저게 뭐여. 남자들은 안 그런디. 여자들은 죄다 벗구 나오니 망측하게. 머리는 왜 또 저런 겨. 보기 좋은 새까만 머리 놔두고 저게 무슨 짓여. 뇌랗게 물들여 가지구."

텔레비전에 나오는 걸 그룹들의 모습을 보면서 또 한탄이다. 가슴만 간신히 감추고 팬티나 다름없는 바지만 걸치고 미친 듯이 흔들어대는 십대 가수들의 머리는 한 명도 제 색깔이 아니었다. 이제는 그러려니 해서 별다른 느낌이 없는 나와는 달리 어머니 눈에는 기가 막힐 노릇이었을 것이다. 어머니가 자라던 시절과는 비교조차 할 수 없는 모습들을 보면서 어머니는 참 요상한 세상이라고 의아해했다.

왜 이렇게 물건이 흔해서 가지가지 없는 게 없고, 흥청망청 엄청나게 버리고, 눈이 돌만큼 휘황하고, 거기다가 여자들이 길길이 뛰는 세상을 공포와 비슷한 경이로움으로 바라보고 있는 것이다. 그와 비례하여 옛날에 고생하다 좋은 세상 보지 못하고 세상을 떠난 사람들에 대한 안타까움으로 억울해했다.

세상이 얼마나 빠르게 변하고 있는지, 앞으로의 세상은 어떻게 변화할 것인지 설명해줄 도리가 없다. 나는 아예 입을 다물고 만다. 나 역시 눈이 핑핑 돌 정도로 빠른 변화의 물결에서 밀려나고 있지 않은가.

어머니는 어머니의 창인 텔레비전을 들여다보며 탄식하시곤
했다.

"참 요상혀. 시상이 참말로 요상혀."

언제부턴가 어머니의 말수가 줄어들기 시작했다. 걱정이 되
어 알아보니 뇌의 전두엽에 위치한 동기센터가 노쇠해지면서 말
이 줄어든다는 것을 알게 되었다. 그 후로 우리 가족은 어머니의
말씀을 들으려고 애를 썼다. 그러나 어머니는 귀찮다는 듯 마지
못해 단답형으로 응답을 할 뿐이었다. 어머니는 말씀을 잃으며
점점 기력을 잃어가셨다. 생명의 샘이 잦아들고 있었다. 어머니
는 97세를 일기로 올 새해에 영면하셨다.

어머니의 영정 사진을 볼 때마다 떠오르는 구절들이 있다. 오
묘한 뉘앙스가 살아 움직이는 어머니의 구수한 비유법이다.

"새코 빠지는 소리 하고 있네."

"구접스런 소리 하지 마라."

"호맹이 훔치는 소리 하고 있네."

"해찰 떨지 마라."

이제야 이해가 되는 구수하고 맛깔스럽고, 때로는 애달프고
절절한 어머니의 말씀들이 사무치게 그립다.

낙석 주의

이상락

하필 안개가 끼었다. 그리고 또 하필이면… 후후훗, 낮술을 마셨다.

평소 공간 감각이 젬병인 내 처지에서 보자면, 술을 안 마셨더라도 안개만으로도 충분히 헤맬 만했다. 아니, 안개가 안 끼었더라도 대낮에 마셔댄 동동주 두 병이면 넉넉히 더듬거릴 만도 했다.

도대체 여기가 어디지? 아까 거기?

아무리 보아도 거기가 거기 같은 산속의 둔덕들을 몇 개째 돌고 넘고 오르고 내리고 하는 사이에, 나는 내가 지금 어디에 있는지를 넘어 이제는 내가 누구인지마저 가물가물해질 지경이었다.

에라, 모르겠다.

나는 들고 있던 톱을 풀밭 아무 데나 던져놓은 다음, 저절로 자빠져서 거룩하게 썩어가는 참나무 줄기를 베개 삼아 바닥에 누워버렸다. 칡이며 머루며 다래 따위의 덩굴이 때죽나무 가지들을 휘감아 어지럽게 얽히고설킨 하늘은, 집에 혼자 남게 되어 심통 난 아이가 잡기장에 하루 종일 연필로 해찰을 부려놓은 그런 모습이었다.

지게 때문이었다. 지리산 산간 마을의 허름한 집 한 채를 얻어 호기롭게 이삿짐을 풀어놓긴 하였는데 마땅히 채소를 가꿔먹을 텃밭이 없다는 것이 문제였다. 궁리 끝에 집 뒤 언덕바지를 개간하여 반 억지로 남새밭 한 뙈기를 만들었다. 그런데 아랫마을 귀농자들에게서 얻어온 유기농 포대 비료 따위, 농사에 필요한 것들을 경사진 언덕 위로 옮기려면 반드시 있어야 할 것이 지게였다.

그래, 지게를 직접 만드는 거야!

아내는, 톱을 챙겨 들고 지게 만들 재목을 베 오겠다고 나서는 나를 참 딱하다는 표정으로 바라보았다.

"내가 이래 봬도 국민학교 3학년 때 내 전용 지게를 가졌던 사람이야. 아랫마을 오일장에서 각목에다 뚜덕뚜덕 못질해서 만들어 파는 그런 지게는, 모름지기 생태적 삶을 살아보겠다고 여기까지 내려온 나한테는 가당한 게 아니지. 두고 보라구. 볏짚 얻어다가 등태도 엮고 밀삐도 땋아서… 당신도 홀딱 반할 만한 지리산표 지게 한 틀을 만들어 보일 테니."

나는 양손에 나눠 쥔 톱과 낫으로 지게 목발 장단 맞추는 시늉을 하면서 콧노래까지 흥얼거리며 산속으로 들었다.

그러나 지게 만들 재목을 구한다는 것은 만만한 일이 아니었다. 특히 이 동네 인근의 수종들은 가지들을 옆으로 벌리기보다는 하늘로 쭉쭉 뻗어 올라가는 모양들을 하고 있어서, 줄기목과 곁가지가 60도쯤의 각도를 이루는 맞춤한 지게 재목을 찾기가 쉽지 않았다. 한나절을 헤맨 뒤에야 제법 그럴싸한 소나무 재목 하나를 발견하였다.

그러나 마당 한쪽에 베어다 놓은 그 소나무 재목에 짝을 맞출 나무를 찾지 못한 채로 보름쯤이 흘렀다. 그 즈음에는 내 지게를 내가 직접 만든다는 설렘 따위도 헤실바실 묽어진 상황이었다.

그날은 안개가 유난스러워서, 사방의 산들이 다들 허리가 잘린 채로 세모꼴의 산봉들만 하늘에 떠다녔다. 마을 터줏대감 노인의 팔순 잔치에 초대를 받은 나는 모처럼 이웃과 어울려 동동주를 진탕 마셔댔다. 알딸딸한 술기운을 빌려 다시 톱을 챙겨 들고 산속에 든 것이었다.

"조심해. 옛날 우리 마을에서 안개 낀 날 산속에 들어갔다가 호래이한테 잡혀간 사람이 한둘이 아녀."

팔순의 그 노인이 우스갯소리 한마디를 내 등 뒤에 날려 보내고는 껄껄껄 웃었다.

…?

풀밭에 누워 잠이 들었다 깨어난 나는 몽롱한 의식을 정돈해보려고 여러 차례 머리를 도리질해보았으나 그럴수록 점점 더 헝클어지는 느낌이었다.

아, 내가 산속에서 길을 잃었지. 그렇다면 찾아야지.

몸을 일으켜 아무 방향으로나 몇 걸음을 옮겼는데 눈앞에 커다란 구덩이가 나타났다. 헤쳐진 흙의 모양으로 보아 금방 파낸 듯했다. 이상했다. 그 깊은 산속에까지 포클레인이 들어왔을 리도 없을 터인데….

자세히 살펴보니 구덩이 주위에 잘린 칡넝쿨이며 칡뿌리가 나뒹굴고 있었다. 그 한 옆에 매우 푸짐한 똥 더미가 나타났다.

아, 멧돼지가 흙을 파먹고 배설을 해놓은 것이었다. 불현듯 팔순 노인의 '호래이' 운운하던 말이 떠오르면서 등줄기로 쭈르르 소름이 흘러내렸다.

이제 오래지 않아 날이 저물 것이다. 집으로 가는 방향을 찾기 위해 조금 더 애써보겠지만 정 안 되면 누군가에 전화를 걸어 구조를 요청해야 할 것이다. 창피하기는 할 것이다. 세상에, 동네 뒷산에서 길을 잃었다며 구조를 청하다니!

주머니에서 손전화를 꺼냈다. 그런데 아뿔싸, 그 산속은 통화가 가능한 지역이 아니었다.

조난? 실종?

나는 내가 처한 상황을 설명해줄 몇몇 말들을 떠올렸다가 고개를 흔들었다. 군대 시절 독도법 실습시간에 배웠던, 야전에서 방향을 잃었을 때의 탐지 요령이 떠올랐다.

—땅바닥에 막대기를 세우고 그 막대의 그림자와 시계 시침을 일치시킨 다음, 시침과 12시의 중간 방향이 남쪽이다.

그러나 내가 차고 있던 시계는 전자시계이고, 설령 바늘시계를 차고 있다 해도 안개 때문에 그림자를 만들 수 없으니 별무소용이었다.

—나뭇가지가 무성하게 뻗은 쪽이 남쪽이다.

그거야 쉽게 분별할 수 있었다. 하지만 내가 발 딛고 있는 곳이 어디쯤인지를 모르는데, 그리고 내가 우리 동네를 떠나 어느 방향으로 흘러왔는지를 알지 못하는데 무턱대고 남쪽을 알아서 무엇에 쓰자는 것인가?

이러다 영영 길을 찾지 못하고 산속에서 굶어 죽거나 혹은 굶주린 멧돼지에 받쳐 죽을지도 모른다는 두려움이 밀려왔다. 하지만 아무리 지리산이 넓고 깊다 한들, 집 뒤쪽 언덕으로 지게 재목 구하러 나갔다가 길을 잃고 헤매다 죽었다고 소문이 나면… 죽은 뒤에라도 부끄럽기가 한정 없을 것이었다. 어렸을 적엔 꽤 영특하다는 소리를 들었던 내가 왜 이렇게 멍텅구리가 되었나, 생각하니 한숨이 절로 나왔다. 아니, 딱 한 번 나는 젊은 아가씨로부터 '돌대가리'라는 핀잔을 들은 적은 있었다.

이사 오기 전, 아내가 인천에서 학원을 운영한 적이 있었다. 나는 그 학원의 한 귀퉁이에 작업실을 마련해두고 야간경비원 노릇도 하고 글 쓰는 작업도 했다. 한 번은 새벽에 출출하여 24시간 영업하는 학원 인근의 설렁탕집에 들렀는데 그 식당에서는 그냥 공깃밥을 곁들여주는 설렁탕과, 돌솥에다 밥을 따로 해주는 설렁탕 등의 차림이 두 종류였다.

"돌솥설렁탕으로 주세요."

나는 그렇게 주문했다. 그런데 홀에서 손님을 시중드는 그 아가씨가 주방 쪽에 대고 이렇게 말하는 것이었다.

"홀에 돌 하나 있어요!"

분명 홀에는 나 혼자뿐이었는데 그녀는 나를 일컬어 돌이라 했다. 나는 결국 참아내지 못하고 식사를 마친 뒤에 계산대의 탁자를 손바닥으로 딱 소리가 나게 내려치면서 소리쳤다.

"내가 천재는 아니지만 멍청하단 소리는 안 듣고 자랐는데 무어? 내가 돌대가리라고?"

눈가에 가물가물 졸음을 매달고 있던 그 여자종업원이 나의 호통에 화들짝 놀라 황소 눈깔을 하고서 영문 몰라 했다.

85

아직 해가 질 시각은 아니었는데도 숲속에는 어둠이 깃들고 있었다. 이대로 앉아 죽을 수는 없다고 생각한 나는, 톱이고 낫이고를 다 팽개쳐버린 채로 불난 강변에 덴 소 날뛰듯, 엎어지고 미끄러지면서 아무 곳이나 향해 마구 내달았다. 저만치에서 어렴풋이 자동차 지나가는 소리가 들리는 듯했다. 환청인지 모른다고 생각하면서도 아래쪽을 향해 구르듯 내달렸다.

어이쿠!

나는 비탈진 언덕에 엉덩방아를 찧은 다음 십여 미터를 넘게 쭈르르르, 미끄러졌다. 무슨 봅슬레이 선수처럼 비탈 언덕을 미끄러져 내리다가 두 발바닥에 무엇인가 덜컥, 걸리는 게 있어 간신히 멈출 수 있었다. 살았구나, 싶었다. 조심스럽게 몸을 일으켜보니 내 두 발바닥에 걸린 것은 굵은 철사로 엮은 철망의 가장자리였다. 내려다보니 저만치 절벽 아래 도로로 승용차 두 대가 지나가고 있었다.

아, 거기였어!

그곳은 마을 어귀에서 불과 수백 미터밖에 떨어지지 않은, 산책 삼아 몇 차례 걸어 지나곤 했던 길가 절벽이었다. 절벽 바윗돌이 길바닥으로 굴러떨어질 것에 대비하여 쇠 그물로 벼랑을 감싸둔 곳이었다.

실로 여러 시간 동안을 숲속에서 헤매다가 나는 드디어 내가 있는 곳이 어디쯤인지를 알아내었다. 발아래 절벽 아래쪽에서 나무 판때기가 바람에 흔들리며 철망에 부딪치는 딱딱, 소리가 들려왔다. 나는 그 판자 조각에 무어라 씌어 있는지를 알고 있었다. '낙석주의'였다. 난 평소 그곳을 지나면서 낙석을 어떻게 주의하라는 것인지를 몰라 한참 동안 절벽을 쳐다보며 생각에 잠긴 적이 있었다. 돌이 떨어질 위험이 있으니 이 지점에 도달한 자동차나 사람들은 전속력으로 재빨리 지나가라? 아니면 돌이 떨어지는지의 여부를 살피면서 살금살금 조심스럽게 천천히 지나가라? 그것도 아니라면 아예 그 길은 위험하니 포기하고 되돌아가서 다른 길을 찾아보라? 혹은 그 절벽 아래에 앉아 쉬거나, 승용차를 주차해두고 데이트를 즐기거나 낮잠을 자는 따위의 행위를 하지 마라?

그 표지판을 붙인 사람의 의도를 도무지 알아챌 수 없었다.

그거야 그렇고, 나는 아직 온전히 살았다 할 수 없었다. 두 발바닥에 쇠 그물의 위쪽 가장자리가 걸려서 거기 지탱하고 있을 뿐, 자칫하다간 철망 밖으로 굴러서 길바닥으로 떨어질지도 몰랐다. 더군다나 두 팔을 아무리 사위로 허우적거려봤자 나무 그루터기 하나, 풀 한 포기 잡히지 않는 흙바닥 언덕이었다. 안개가 조금 걷히나 했더니 바람이 세차게 불어왔다. 쇠 그물이 제법 세게 흔들거렸고 흙먼지가 얼굴을 덮어 눈을 뜰 수 없었다.

악착같이 버텨야 돼.

나는 철망에 의지한 두 발바닥에 힘을 주었다. 난감한 순간이었음에도 한편으로, 난마처럼 얽혀 있던 실타래가 한 가닥씩 시나브로 풀리는 느낌이 피어올랐다.

그렇지. 참말 어리석고도 거만했어. 일말의 탐색과 고민도 없이, 하루아침에 제 살던 도회지 내다버리고서, 이부자리 안아 들고 대청마루 가로지르듯 부랑배처럼 산자락으로 거처를 옮겼기로, 나 같은 불한당을 이곳 두류(頭流)의 산천경개가 팔 벌려

품어 안아줄 것으로 알았더냐? 인천의 그 설렁탕집 아가씨가 말했던 대로, 머리며 가슴속에 쓸모없는 돌가루만 말가웃이나 들어차 있는 꼴이라니!

하늘이 뱅글 돌았고 다리가 후들거렸다. 아마 더 이상 버티지 못하고 이내 철망 밖으로 굴러 내려 길바닥에 떨어질 것이다. 그렇게 된다면… 그렇지, 그것이 바로 낙석이다. 아, 나는 일찍이 그 표지판을 경구로 새겨읽었어야만 했다. 그러니까 도로를 관리하는 공무원은, 절벽 아래를 지나는 자동차나 행인을 위해서 그것을 붙인 게 아니라, 나 같은 돌덩이가 분수 모르고 산속을 헤집고 다니다가 굴러떨어질 것을 염려하여 '낙석주의'를 경고문으로 매달았던 것이다.

무어라 소리를 질러보려 했으나 흙먼지를 지천으로 마셔댄 까닭에 목구멍에서 캑캑, 밭은 신음만 기어 나왔다. 그러는 중에도 한편으론, 좀 느닷없는 하방(下放)이긴 했으되, 지리산으로 이사 오기를 잘했다는 생각이 들었다. 오지 않았더라면 이만한 깨달음이나마 어찌 얻을 수 있었겠는가!

난 지금도 뱀사골 가는 길목 바위벼랑에 들씌워진 푸른 철망의 위쪽 가장자리를 두 발로 악착같이 디디고 버틴 채로, 사방으로 눈길을 더듬어 지게 재목이 될 만한 나뭇가지 하나를 분주히 찾고 있다.

콜트스트링의 겨울

이상실

"내일, 새 신발을 사야할까 봐."

윤지가 말했다. 기타를 품에 안은 승우는 윤지의 신발을 만지작거렸다.

"옆구리에 기타 같은 모양도 잡히고, 아직 신을 만한데 뭘."

"그래도 사야겠어. 아주 예쁜 걸로."

윤지가 말을 이었다.

"떨어질 때마다 신발을 샀는데, 내일 사려고."

목소리가 가늘게 떨렸다. 윤지는 공장 밖 마당으로 나갔다. 목련 아래서 하늘을 바라보았다. 목련가지의 마른 잎이 금방이라도 떨어질 듯 흐늘거렸다. 나무를 흔들었다. 잎사귀 하나가 어깨를 스치며 떨어졌다. 떨어진 잎사귀를 집어 들고 공장 안으로 들어갔다. 윤지는 손에 든 목련 잎을 승우의 손에 얹었다.

"만져봐."

승우는 잎사귀를 문질렀다. 서걱대는 소리가 났다.

"우리가 지금 자연을 탐닉하는 건 사치 아닐까?"

승우가 말하자 윤지는 '우리가 이 땅을 밟고 있는 것도 사치'라며 몇 술 더 떴다. 그러고 나서 벽에 걸린 그림을 바라보았다.

〈기타와 목련〉이라는 제목의 그림이었다. 탁자에 턱을 괴고 있던 서 화가가 윤지 곁으로 다가왔다. 서 화가도 그림을 보았다. 그들이 내일 급습하더라도 이 그림뿐만 아니라 벽에 걸린 모든 그림은 옷깃으로도 스치지 못할 거라고 서 화가는 호언장담을 했다. 서 화가가 말한 그들이란 법원의 집행관과 건물주가 의뢰한 용역 그리고 경찰을 두고 한 말이었다. 남의 주거를 침입하여 무단 점거하고 있는 농성자들은 내일 아침 아홉 시까지 해산해야 한다는 법원 통지문이 해고노동자인 금속노조 '콜트스트링' 위원장에게 전달되었다. 집행관들은 내일 아침 아홉 시에 이곳으로 몰려올 것이다. 법원은 안씨 성을 가진 사람이 올 초에 콜트스트링 공장 부지를 매입했으므로 공장을 침입한 농성자들은 자진 해산하라고 명령했다. 법원의 명령대로라면 노조위원장과 문인, 미술인, 콜트스트링 노동자밴드, 연극인과 춤꾼, 영상인들도 농성과 촬영을 접고 내일 아침 아홉 시까지는 공장 밖으로 나가야 한다. 그러나 노조위원장을 비롯한 농성자들은 자진 해산은 있을 수 없고 농성을 이어가면서 공장 정상화와 복직을 위한 투쟁을 지속해나가자고 의견을 모았다. 그들은 또한 주먹을 불끈 쥐고 팔을 하늘로 치켜 올리며 결의를 다졌다.

윤지가 승우의 손바닥에서 하르르 떨고 있는 목련 잎을 집어들고 벽에 걸린 〈기타와 목련〉 그림에 목련 잎을 대며 한동안 눈을 감았다. 윤지는 다른 그림에도 같은 몸짓을 했다. 주술 같은 윤지의 몸짓이 끝나자, 서 화가가 왜 그런 몸짓을 하느냐며 물었다. 윤지는 '달이 뜨니까'라며 생뚱맞은 대답을 했다. 밤이 왔다. 찬 공기와 어둠이 공장으로 스며들었다. 농성자들은 옷을 껴입고

1층으로 모여들었다. 1층에 있던 사람들은 텐트 속에서 촛불을 종이컵에 싸 들고 하나둘 빠져나왔다. 촛불문화제가 열리기 때문이었다. 사회자가 문화제의 개막을 알렸다. 촛불문화제는 매 주마다 두 번씩 열리는 것이어서 새삼스러울 것도 없었지만 오늘은 여느 때와는 다르다는 걸 저마다 알고 있었다. 어둠 속에서, 흔들리는 촛불 속에서, 그들은 허공을 향해, 벽을 향해, 출입문을 향해 '부당해고 판결났다!', '폐쇄공장 정상화로 복직판결 이행하라!'는 구호를 절절히 외쳤다. 춤꾼은 '콜트스트링은 우리들의 터전'이라는 주제로 마임을 했다. 영상팀은 현장을 카메라에 담았다. 승우는 기타를 치며 노동가요를 불렀고, 윤지는 청바지 뒷주머니에 손을 넣고 시 한 편을 꺼내 낭송했다.

목련 잎이
겨울바람에 운다
…
달이 부른다
…
목련 저편에서 웃고 있는
그들의 얼굴
…

문화제가 끝나자 서 화가는 방금 끝낸 투쟁의 굿판을 화폭에 담았다. 윤지는 기타를 멘 승우의 팔을 붙들고 밖으로 나갔다. 달빛이 환했다. 윤지가 하늘을 보았다.

"오늘이 삼천육백칠십칠 일째야. 내가 투쟁한 날도 그렇고. 하늘을 봐. 찬 바람 속에서도 떨고 있는 목련 잎을 봐. 잎에 걸려 있는 저 둥근 달도 봐. 달이 나를 부르는 것 같아."

선글라스를 낀 승우의 눈에는 어둠뿐이었다.

"보름달이 떴나?"

"그래, 달이 떴고 목련 잎이 찬 바람에 떨어지고 있어. 낙엽처럼 떨어진 노동자들이 하나둘 죽거나 사라져가다니."

승우의 얼굴은 허공을 향했다.

"목련 잎이 모두 떨어졌나?"

윤지는 목련에 눈을 떼지 않았다.

"내일이면 최루탄에 물대포에 모두 떨어지고 말겠지… 난 잡혀가면 못 나올지도 모르겠지만 나오게 되면 내일 새 신발을 꼭 살 거야."

"내일?"

"그래, 내일."

그들은 추위에 떠밀려 공장 안으로 들어갔다. '콜트스트링 노동자밴드'가 노동가요를 부르며 '투쟁!'을 연호했다. 승우가 윤지에게 물었다.

"저 밴드의 기타도 여기서?"

"저것도 여기서 만든 거고 다 내 손을 거쳐간 제품이야."

승우가 자신의 기타를 만지작거렸다.

"내 것도?"

"그것도."

윤지는 승우에게 기타를 건네받고 코드를 잡았다.

"이십 플랫에 육 현을 울리다가 많은 사람이 죽어갔어, 콜트 스트링 노동자들도 노동가요를 부르면서. 글구 윤도현이 '사랑했나 봐'로 히트 칠 때 난 회사에서 잘리고 말았고."

바람 소리가 났다. 윤지의 입술이 파르르 떨렸다. 찬 공기가 속살까지 스며든 탓인지 웅크리며 그들은 안으로 들어가 몸을 쏙쏙 들이밀었다.

윤지가 두고 간 물건이 무엇인지 알 수 없었다. 승우의 아파트로 불쑥 들어온 윤지는 소파에 엉덩이를 붙이는 둥 마는 둥 하며 승우의 어깨를 두드리더니 물건 하나를 두고 간다고 말했다. 무엇을 어디에 놓았다는 말은 하지 않았다. 쓰면 닳아서 없어지는 물건인지, 두르는 것인지, 먹거리인지 알 수 없는 물건을 거실 바닥에 둔다거나 소파에 얹어놓았다는 약간의 힌트도 없이 아파트를 불쑥 나가버렸다. 두고 간 물건에 대해 궁금증이 일기도 했지만 더 이해할 수 없는 건 윤지의 태도였다. 승우가 겪어서 알고 있는 그녀가 아니었다. 보름 전까지만 해도 승우의 보금자리에 들를 때면 김밥을 사왔으니 집어 먹자거나 닭볶음탕을 만들어 먹자거나 베란다에 화장지를 놓았다거나, 쓰레기 비닐을 개수대 아래 뒀다며 찾아서 활용하라는 등 조근조근 말하곤 했다. 왔다가 이내 문밖으로 나간 적도 없었지만 잠깐 동안 엉덩이를 소파에 걸쳤다가 떠날 때도 일정이 있으니 가야겠다는 내용을 아낌없이 내뱉곤 했다.

'무엇이었을까. 어디에 둔 걸까.'

승우는 현관부터 소파까지 그녀가 두고 갔다는 알 수 없는 물건을 기거나 엎어지거나 몸을 꽈서 더듬었지만 있을 곳에 있는 것이거나 빈 데는 비어 있을 뿐이었다. 어쩌면 그녀가 일 년도 넘게 왕래한 탓에 누구의 소유도 아닌 그녀와 승우의 공동소유 같은 숟가락 하나이거나 젓가락 한 모가 사라졌다가 다시 제자리에 꽂혀 있는 것인지도 모르는 일이었다. 무엇인지 알 수 없어서 궁금하기 이를 데 없는 미스터리한 물건을 찾지 못한 승우는 소파에 기대며 열이틀 전을 떠올렸다.

공장을 점거한 농성자들에 대한 강제해산 집행이 있던 날이었다. 오전 아홉 시 정각이 되자 쇠파이프를 든 용역들과 곤봉을 착용한 경찰들이 콜트스트링 정문으로 돌진했다. 계단을 오르는 둔탁한 발짝 소리가 연이어 울렸다. 농성자들은 강제연행에 대비하여 저마다의 태세를 갖추고 전의를 다졌다. 2층으로 진격한 용역들은 손에 든 쇠파이프로 벽을 두드리는가 싶더니 서 화가가 머물고 있는 농성장의 문을 부숴뜨렸다. 서 화가는 쇠사슬을 몸통에 묶고 기둥에 두른 채 양팔을 벌리며 그들을 노려보았다. 용역들은 서 화가의 팔을 비틀며 쇠사슬을 풀어냈고 네댓은 벽에 걸린 서 화가의 〈기타와 목련〉 등 모든 작품을 닥치는 대로 찢어버렸다. 서 화가는 "내 그림", "물어내라, 내 그림…", "내 그림을 찢다니", "작품을 손괴한 죄로 고소할거야!"라며 절규하다가 주저앉았다. 옆방에서 "진군의 나팔을 불고, 투쟁하라!"는 함성이 울렸다. 용역들은 그쪽으로 몰려갔다. 승우와 윤지를 포함한 대부분의 농성자들이 집결한 곳이었다.

"단결로 연대로, 부당해고 복직투쟁!"
"단결로 연대로, 부당해고 복직투쟁!"

해고자 대표인 노조위원장이 구호를 선창했고 농성자들이 따라했다. 그들은 바닥에 누워서 스크럼을 짰다. 주먹을 쥐고 천장을 향해 팔을 쳐들었다. 그러나 용역들의 완력에 힘을 잃었고 스크럼은 실타래처럼 풀리고 말았다. 저항은 몸부림에 지나지 않았다. 모두 아래층으로 끌려나갔고 경찰기동대 차량에 태워졌다. 윤지와 승우도 연행되었다. 승우와 윤지는 해거름 녘에 훈방되었다. 이때 윤지의 수중에는 전날 밤에 낭송한 시가 적힌 종이와 볼펜 한 자루, 지갑과 휴대폰이 전부였다.

승우가 훈방 조치로 풀려났을 때 윤지가 지녔던 넷 중의 하나가 물건이랍시고 두고 가지는 않았을 거라는 생각이 들었다. 윤지에게 전화를 했다. 받지 않았다. 문자를 보냈다. 뭘 두고 갔냐고, 카톡에도 찍었다. 왜 답장이 없냐고, 그러나 연락 두절이었다.

승우는 소파에 누웠다.

열이틀 전 경찰서에서 풀려났던 시간 이후를 더듬었다. 식당에서 허기를 채우고 거리를 활보했다. '슈발, 제발 신발'이라는 신발 가게가 코앞에 나타나자 윤지는 걸음을 멈추고 매장 안을 들여다보았다. 승우와 함께 신발 가게로 들어갔다. 그녀는 '커플이 현금 주면 15퍼센트 할인, 카드는 7.5퍼센트'라는 이벤트 문구를 승우의 귀에 대고 읽어주었다. 신발을 골랐다. 한 켤레 쏘겠다며 승우도 고르라고 했다. 그는 흰 운동화를 골랐다. 신발 가게를 나왔다. 선술집으로 들어갔고 목구멍에 술을 적시고 나왔다. 그리고 헤어졌다.

거의 매일 전화 통화를 했고 사흘은 너무 길고 멀다고 승우의 아파트로 문턱이 닳고 빛이 나도록 드나들었던 윤지는 새 신발을 구입한 이후로는 연락이 끊기고 말았다. 휴대폰도 꺼져 있었다. 집 전화는 그녀가 받지 않았다. 공장에서 농성했던 동료들에게도 그녀의 근황을 물었지만 소재를 파악할 수 없었다. 그로부터 열이틀 만에 승우의 아파트로 불쑥 찾아왔다. 그러나 물건 하나를 두고 간다는 일방적인 발언을 한 후 자취를 또 감추고 말았다.

승우는 거실과 화장실, 안방, 현관을 더듬거리며 윤지가 두고 갔다는 물건을 찾아보았지만 손에 잡히지 않았다.

승우는 벽에 기대어 앉았다.

선술집을 떠올렸다. 그 집에서 술이 몸으로 스며들자 윤지는 죽음에 대한 말을 끊임없이 늘어놓았다.

사람들이 죽었어. 몇이나 될까. 많았지. 맨 먼저 죽은 사람은 남자였어. 강 씨가 콜트스트링에서 부당해고를 당하고 나서 시간제로 택배 일을 하다가 비관 자살을 한 거야. 다음으로 해고무효투쟁을 하다가 옥상에서 투신한 최 씨가 죽더니, 문씨 성을 가진 여잔데 우리 회사에서 해고된 뒤로 우울증에 시달리다가 죽었고, 그렇게 여자 남자가 죽고 또 죽어갔어. 얼마 전에 뉴스 봤잖아? 노숙자 황 아무개가 서울역에서 죽었다고. 다음은 내가 죽을 차례라고 생각했는데, 난 그러지 못했어. 지금도 종종 발작할 때가 있지만 그때 난 우울증이 심했거든. 콜트스트링에서 해고된 후 노동시를 써서 문단에 나왔다는 거 알잖아. 시를 쓰려는데 정신이 나간 건지 잘 써지질 않고 우울하기만 했어. 이 세상과 작별해야 증세가 호전될 것 같더라니까. 밤이면 귀뚜라미를 따라 울고 달을 따르며 울곤 했어. 매일 소주 한 병을 깡으로 까기도 했지. 보름달이 뜰 때마다 그 달이 나를 손짓하는 거야. 올라오라고. 올라가려면 어디론가 빠지거나 넘어지거나 뒤틀리거나 망가져야 올라갈 수 있잖아. 그래서 빠지려고 했어. 강화도 외포리 갯바위에 앉아서 술을 마셨는데 술병이 비워지니까 바다가 자꾸만 달나라로 가자고 손짓을 하네. 달나라는 해고가 없다고, 그래서 물속으로 기어들어 갔잖아. 바닷물이 목까지 차올라서 황홀했는데, 텔레비전에 나온 것처럼 동네 아저씨가 나를 뭍으로 끌어내는 바람에 달나라로 못 간 거야. 그러고 나서 정신병원에 갔는데 수면제나 신경안정제를 삼키고 잠을 잤지. 일어나면 수녀님이 편지를 쓰고 있더라고. 애인한테 종일, 그 애인이 하나님이라는 거야. 눈 큰 가시나도 하나 있는데 나보고 무슨 병으로 왔느냐고 묻고, 독서가 취미라는 여자가 또 있었거든. 그 여자는 자기가 읽고 있는 책을 내가 엿보았다고 잘못을 빌래서 빌곤 했지. 겨우 그 병원에서 퇴원을 하고 시간도 흘렀는데, 콜트스트링 해고자 중 나랑 같이 '연마' 파트에서 일했던 한 남자가 또 죽어버린 거야. 그 사람은 아까도 말했지만 며칠 전에 텔레비전 뉴스 뜬 사람이야. 황 아무개라는 노숙자 하나가 서울역에서 죽어버렸다는 뉴스 말이야. 해고노동자 출신이라는 말은 한마디도 안 하고 그냥 죽었다는 뉴스만 나온 거야. 그 사람도 부당해고를 당한 사람인데. 세상 돌아가는 게 참 웃기지도 않아. 그 전에 내가 죽었어야 했는데. 새 신을 신고 새 옷도 입고 폴짝폴짝 뛰다가 후울후울 날아서 피안으로 가면 역사 하나가 또 사라지는 거겠지. 이승에 존재하면서 역사로 남는 걸로는 갈등을 해결할 수 없어. 내 운명은 역사와 어울리지 않아. 그래서 달리해야 돼. 비록 나는 내 남편의 아내고 딸하고 아들을 둔 엄마일지라도, 학창 시절에는 내가 다녔던 학교의 일원이었을지라도, 해고노동자 중의 한 명일지라도, 오천만 국민의 한 사람일지라도 내가 죽는다고 해서 오천만이 사천구백구십구만 구천구백구십구 명으로 수정됐다가 또 어느 산모의 뱃속에 있던 아이가 내 죽음을 대신해서 태어날지라도 오천만으로 환원되지 않아. 빼기도 더하기도 없는 여전한 오천만이지. 그래서 나 하나를 떼놓고 보면 존재가치가 없는 거야. 지금 내가 콜트스트링의 해고자로서 말한다면, 내 역사는 극복되지도 않았고 처참하게 억압당한 역사였지. 영혼도 없는 역사로 말이야. 자유? 노동의 자유? 웃기는 소리 하지 말라고 그래. 자본주의 체제에서 자유는 강한 자의 권리를 옹호하는 수단이 돼버렸고 우리는 성과사회의 노예로 전락하고 말았어. 그것도 일종의 산업재해지. 해고도 실업도 폭력도 죽음도 모두 산재야. 우리가 자유로운 적이 있었나? 우리 사회는 언제나 우리들의 희생으로 걷고 달리면서 돌아가는 거야. 언제나 우리는 '갑'질에 놀아나는 '을'일 뿐이거든. 거 봐, 어떻게 됐어. 콜트스트링 업주가 몇 십 년간 몇 백억씩 흑자 보다가 한 이삼 년 적자났다고 정리해고를 감행한 거야. 법원에서도 정리해고가 부당하다며 복직판결이 났는데, 결국 필리핀으로 공장을 옮겨버리고 갈산동에 있는 콜트스트링은 문을 닫아버렸잖아. 국가와 사용자는 주체고 우리는 객체야. 주객전도는 문학작품에서나 가능하지 않을까. 그래서 나는 내가 신고 있는 이 신을 '콜트로바'라고 지었는데 이젠 이걸 벗어버리려고 새 신을 샀어. 새 신을. 새 신발 이름은 '달로바'로 지을 거야. 콜트스트링을 벗어나서 달나라로 가는 신발이라는 의미

지. 자유의 세계로 가는 달로바. 멋지지 않아? 한번 만져봐. 신
발 코에 달 모양도 있어. 어때 달이 잡히지? 승우는 새로 산 신발
이름을 뭘로 지을 거야?

승우는 새로 산 신발 이름을 이 세상을 함께 걷자는 의미로
'함께걸음'이라고 금세 지었다.

그랬다.

승우는 몸을 일으켰다. 윤지가 집에 와서 물건 하나를 놓고
갔던 그날을 다시 떠올렸다. 그날 윤지는 승우가 현관문을 열어
주었을 때, 들고 난 시간이 2분에 지나지 않았다. 윤지가 현관에
서 신발을 벗고 거실에 발을 디뎠던 그 순간은 10초가량 걸렸다.
거실에 첫발을 내딛으며 승우의 팔을 붙들고 소파에 앉기까지는
12초 정도였다. 소파에 앉아서 '물건 하나 들고 왔는데 두고 갈
게'라고 말했다. 그 말이 전부였다. 그전에 윤지는 잠시 뜸을 들
였다. 그 시간은 5초 정도였다. 그리고 말했다. 입술을 열고 열
세 음절을 내뱉었다. 목소리가 떨렸고 그 음성이 고스란히 났다.
그 시간은 7초 정도였다. 그리고 입을 닫았다. 앉아만 있었다.
여느 때 같으면 5초도 아깝다고 끊임없이 재잘거렸겠지만 영 아
니었다. 이윽고 '볼일이 있어서 이제 그만 갈게'라는 말과 함께 소
파에서 엉덩이 쓸리는 소리인지는 알 수 없었지만 소파를 스치는
듯한 소리가 났고 현관 쪽으로 발 딛는 소리를 냈다. 그러고 나서
그녀는 곧장 문밖으로 나갔다. 이렇듯 윤지가 들어왔다가 빠져나
간 시간은 모두 백이십 초에 불과했다.

'무엇을 두고 간 걸까.'

윤지가 들이닥쳤을 때 그녀에게는 공기를 가르면서 늘 풍겼던 스킨과 로션, 분 냄새가 전부였다. 승우의 귀에는 현관문을 여닫는 소리와 현관에 발 딛는 소리, 신고 벗는 발짝 소리, 거실에 발 딛는 소리와 소파에 기대는 소리 그리고 그녀의 말이었다. 승우의 팔을 붙들었을 때도 그녀의 손은 빈손이었다.

'무엇이었을까.' 시각을 활용하지 않고도 모든 것을 볼 수 있으므로 '백문이 불여일견'이라는 시각패권주의를 완강히 거부한다는 승우 자신의 도도함이 이 순간만큼은 여지없이 무너진 것이나 다름없었다. 상대방의 목소리만 듣고도 덩치가 대궐 같은지 하꼬방만 한지 또는 김태희같이 생겨먹었는지 오나미를 닮았는지를 자신 있게 추측하고 꿈속에서도 각자의 모습을 볼 수 있어서 '나는 백 개의 눈동자를 떴다'며 감각이 연대하고 그 감각의 공동체를 통해서 지각이 열린다며 호언장담하곤 했다. 그래서 '…스치기만 하여도 환해지는/ 백 개의 눈동자를 떴다'는 시(詩)를 썼고 그 시를 발표하면서 시인들의 세계에 합류했다.

이처럼 시각의 결재를 받지 않고도 다른 감각으로 상황에 대한 결재가 충분히 가능했는데, 윤지는 승우의 맹점이라도 시험하려는 듯, 두고 간 물건과 그것의 위치를 알리지도 않고 모습을 감추고 말았다. 숟가락이나 젓가락을 수저통에 담아놓고 갔다면, 그릇을 몰래 두고 갔다면, 화장실에 수건을 걸어놓았거나, 화장지를 두었거나, 책장에 책을, 옷장에 옷을, 이불 속에 무엇인가를 두고 갔다면, 그것이 손에 잡히는 물건이라면 언젠가는 찾을 수 있을 것 같았다. 그러나 지금은 막연하게 손을 놓고 기다려서는 안 될 성싶었다. 콜트스트링 농성장에서 강제로 연행되고 흩어지면서 전열을 정비하지 못하고, 불투명한 미래를 고민해야 하는 상황인지라 한가하게 꼭꼭 숨어라 머리카락 보인다며 숨바꼭질을 하거나, 보물찾기를 즐길 상황이 아니었다. 엄중한 때이므로 윤지가 두고 간 물건은 하찮게 여길 물건이 아닌 것만은 분명해 보였다.

승우는 스마트폰을 손에 들고 머리를 갸우뚱거리며 현관 쪽으로 갔다. 운동화를 신었다. 그러고는 현관문을 밀고 밖으로 나갔다. 밖에서 문을 닫았다. 윤지가 물건 하나를 두고 갔던 당시의 상황을 재연하는 것이 지금에서는 상책이라는 생각이 들었기 때문이다. 다시 문을 열었다. 집 안으로 들어갔다. 현관으로 발을 내딛는 순간부터 스마트폰으로 시간을 측정했다. 신발을 벗는 시간, 거실에 발을 디딘 시간, 윤지가 승우의 팔을 붙들고 거실을 지나서 소파에 앉는 그 순간과 어느 시점에서 그녀가 했던 '물건 하나 들고 왔는데 두고 갈게'와 소파에서 엉덩이를 떼며 '볼일이 있어서 이제 그만 갈게'라는 말과 함께 신발을 신고, 다시 문밖으로 나갔던 것까지 측정했다. 구간과 상황별로 소요된 시간을 합쳤을 때 모두 백이십 초가 좀 넘게 나왔다. 멀쩡한 눈으로 꿈틀거리는 그녀의 몸짓으로는 2분 정도면 충분할 것 같았다. 윤지의 동선은 승우가 문을 열자 현관에 발을 디뎠고 잠시 머무르다 신발을 벗었고 거실로 올랐다. 그리고 나서 곧장 소파로 향했다. 그게 전부였다. 가능성은 열어두어야겠지만 윤지는 화장실이나 안방, 작은방, 싱크대가 있는 부엌 쪽으로 가진 않았다. 그녀가 그의 팔을 붙들었을 때 그녀와 함께 소파로 향했을 뿐이었다. 그녀가 물건을 베란다로 던지거나 싱크대 밑으로 굴리거나,

그런 행위가 없는 이상 문제의 물건은 그녀의 동선에 존재해야만 했다. 설령, 날리거나 날아가거나 구르거나 꾸물거렸다 할지라도 승우의 귀가 예민하게 반응했을 것임은 자명하다. 베란다는 그 순간에 찬 공기를 막으려고 닫아놓았었다. 개수대 밑을 포함해 거실 바닥과 방바닥, 베란다와 화장실 바닥 등 지탱 가능한 바닥은 모두 더듬었지만 개미 한 마리도 움찔하지 않았다. '윤지가 정녕 물건을 두고 간 걸까. 어쩌면 물을 뿌리고 갔거나 후후거린 입김, 그녀의 말을 두고 물건으로 지칭하지는 않았을까.' 그랬다면 그것들은 증발해버리고 말소리만 승우의 뇌리에 둔 채 떠났을지 모를 일이었다. 그러나 그러한 행위가 물건일 수는 없는 것이다. 방금 떠올린 무수한 편린들을 꿰어가던 그는 비록 몇 초에 불과했지만 그녀가 문을 열고 들어왔을 때 현관에 머물렀던 시간이 다른 때보다 더 길었다는 생각이 들었다. 어쩜 현관 주변에 무엇을 놓고 간 건 아닐는지. 그러잖아도 현관 주변과 신발장을 더듬지 않았던 것은 아니었다. 손에 잡히는 것은 신발장에 놓인 신발뿐이었다. 그랬지만 그는 다시 현관으로 갔다. 신발장 맞은편 가장자리를 더듬었다. 구두와 운동화 한 켤레가 손에 잡혔다. 구두는 가끔씩 격을 갖춰야 할 때 신었던 것이고 운동화는 얼마 전에 윤지가 선물한 새 신발 '함께걸음'이었다. 거실에 밀착된 현관 입구에는 외출할 때마다 신었던 활동화가 잡혔다. 신발장 밖에는 평소와 다름없이 세 켤레만 손에 잡혔다. 신발장을 열었다. 신발장에는 버리기는 아까워서 넣어둔 구두와 운동화, 랜드로바가 각각 한 켤레씩 있다면 정상일 것이고 손에 잡히는 그 밖의 물건이 없다면 이곳도 윤지가 두고 간 물건은 존재하지 않을 것이

었다. 하나, 둘, 셋, 넷, 다섯, 여섯, 켤레 하나, 둘, 셋. 숫자를
세던 승우는 같은 수를 반복하다가 일곱 여덟에서 다시 켤레 하
나, 둘, 셋, 넷, 다시 이거 하나, 저거 하나, 저거 또 하나를 세
다 말고 길이가 짧고 낮은 신발 한 켤레를 신발장에서 꺼냈다. 자
신의 신발이 아니었다. 한참을 만지작거린 승우는 낯선 신발을
코에 댔다. 발 냄새가 났다. 땀 냄새도 났다. 그는 자신도 알 수
없는 너저분한 신발이 왜 신발장에 버젓이 자리를 차지하고 있는
지 알 길이 없었다. 낮은 굽, 짧은 길이, 부드러운. 여성용인 것
같았다. '누구의 것일까. 눈이 멀자 어린 딸 하나를 남겨두고 십
일 년 전에 미련 없이 떠나버린 아내의 신발일까.' 그럴 리는 없
었다. 아내의 흔적은 모두 지워버린 지 오래였다. 떠났으므로 버
렸다. '그렇다면 윤지의 신발일까. 두고 간 물건이 이것일까.' 신
발 옆구리를 더듬었다. 두 짝 다 기타모양이 손가락에 잡혔다.
아, '콜트로바!' 콜트로바를 두고 가다니. '윤지는 왜 콜트로바를
물건이라고 한 걸까.' 그는 콜트로바를 들고 거실에 주저앉았다.
'이거였구나. 두고 간 물건이, 이걸 두고 가다니.' 그녀의 저의를
알 수 없지만 예감이 불길했다. 두고 간 물건이 이것이라면 어쨌
든 그 물건을 찾아냈으므로 눈은 멀었지만 청각과 촉각, 후각의
연대를 통해 시각을 대신하여 결재를 받았다는 것과 아울러 시각
패권주의를 거부한 당당함에 대한 불안감이 사그라진 것은 퍽 다
행한 일이었다. 그러나 콜트로바라니.

　머리를 감던 승우는 연방 비명을 질렀다.

　안 돼! 안 돼! '달로바'는 안 된다고!

　머리를 감고 곧장 콜택시를 불렀다. 윤지가 두고 간 '콜트로

바'를 비닐에 싸서 '백팩'에 넣었다. 외출복을 입고 선글라스를 끼었다. 백팩을 메고 지팡이를 챙겼다. 아파트를 나섰다. 택시를 탔다. 택시가 콜트스트링의 정문에 도착했다. 내렸다. 정문은 닫혀 있었다. 정문 주변의 담벼락에는 현수막이 네댓 점 걸려 있었고 인도 변에는 텐트가 즐비했다. 공장에서 강제해산된 이후로 텐트를 치고 노숙농성을 이어가는 중이었다. 승우가 한 텐트로 다가가자 텐트 안에 있던 농성자들 중 한 명이 그의 팔을 붙들며 문인들이 머물고 있는 텐트로 안내했다. 텐트에 이르자 농성중인 문인들이 밖으로 나와서 그를 맞았다. 승우는 그들에게 윤지가 어딨냐고 다짜고짜 물었다. 없다고 했다. 어제는 왔는지도 물었다. 릴레이 단식농성 중이라 어제는 모른다고 대답했다. 동갑내기 남자 시인인 용수가 '릴레이 단식표'를 살폈다. 표에는 이틀 전날짜에 이름이 올라 있는데 '불참-연락 안 됨'으로 적혀 있고 윤지의 근황도 깜깜하다고 했다. 승우는 휴대폰을 꺼냈다. 윤지에게 전화를 했다. 꺼져 있었다. 옆 텐트로 갔다. 없었다. 그 옆으로도 갔다. 모두 돌아보았다. 있지 않았다. 농성자들은 강제해산 이후로 그녀를 본 적도 소식을 들은 적도 없다고 했다.

승우는 노숙농성장을 떠났다. 집으로 왔다. '어찌 된 일일까. 어디로 간 걸까. 콜트로바를 벗고 떠나다니. 당신도 내 곁을 떠나다니.' 특수부대의 격한 훈련 때문에 찾아왔던 관절염, 척추디스크로 시신경이 망가지는 베체트병에 걸렸을 때, 그래서 눈이 멀었을 때, 미련 없이 곁을 떠나버린 아내처럼, 비록 집회장에서 만나 너나들이하는 문우 관계일지라도 홀연히 자취를 감춘 윤지. 그래도 승우는 자신을 떠난 슬픔보다 불안감이 밀려왔다. 공장에서 강제연행되던 날 경찰서에서 훈방 조치로 풀려났을 때 선술집에서 윤지가 했던 말 때문이었다.

'저승으로 가는 새 신을 신고', '죽어버리면 역사 하나가 또 사라지는 거겠지', '내 운명은 역사와 어울리지 않아, 그래서 달리해야 돼.'

이랬다.

설마 했지만 술 쿠세가 아닌 듯했다. '달로바'라는 새 신발을 산 행위가 음주보다 먼저라는 점, 달로바의 의미를 취중에도 발설했다는 점, 그로부터 며칠이 지나서 신고 있던 '콜트로바'를 승우의 아파트에 두고 갔다는 점, 두고 간 물건을 밝히지 않은 점 등 그러한 일관성이 사태의 심각성을 더했다. 그렇다면 한순간도 마음을 내려놓고 방관해서는 안 될 노릇이었다. 윤지의 집으로 또 전화를 걸었다. 신호음이 대여섯 번 울리자 전화를 받았다. 남자였다. 남편이라고 했다. 누굴 찾는지 왜 찾는지도 물었다. 아내는 얼마 전에 홀로 여행을 떠났는데 전화도 꺼놓고 아직 돌아오지 않았다는 말도 했다. 승우는 실종 신고를 권했다. 그녀의 남편 역시 예감이 좋지 않다며 맞장구를 쳤다. 남편은 오늘까지만 기다렸다가 실종 신고를 하든 어쩌든 하겠다고 했다. 전화를 끊었다.

지금은 오후 세 시다. 내일이 되려면 아홉 시간이 남았다. 오늘이 지나면 그녀의 남편이 실종 신고를 낼지, 승우에게 확인 전화부터 할지는 모르는 일이었다. '어딜 간 걸까. 어젯밤에 이쪽은 둥근달이 떴다고 했는데, 강화도 외포리의 바다 위로 솟아오른 달이 또 손짓했을까. 그녀의 눈은 달빛을 발산한 밤하늘을 향할까. 빗물이라도 떨어졌다면 달이 먹구름에 가려서 하루쯤은 건너뛸 수 있었겠지만 그쪽에도 비가 오지 않았는데. 아니면 집회에 갔을까.' 상상을 접은 승우는 카톡을 열었다. 어제부터 '비정규직! 이제 그만! 희망버스 480km의 여정, 서울에서 부산까지'가 열렸고, 안산에서는 '안산 환경영화제'가 그제 있었다. 닷새 전에는 '세월호 참사 추모문화제'였다. 내일은 콜트스트링 기타노동자들의 '콜밴 전국유랑제'가 광화문에서 열린다는 내용의 웹자보가 떠 있었다.

오전이었다. 승우는 윤지의 남편 전화를 받았다. 남편은 윤지에게 연락이 없었냐고 물었고 실종 신고를 내야겠다고 했다. 그녀는 이제 실종자나 다름없었다. 승우는 그녀가 사준 '함께걸음'을 신고 외출 준비를 했다. 광화문에서 열리는 '콜밴 전국유랑제'에 가볼 작정이었다. 승우는 콜트스트링 노숙농성장에서 만났던 시인 용수와 함께 광화문으로 갔다. 승우는 지팡이로 땅을 토닥거리며 물었다.

"어디야?"

용수가 대답했다.

"세종대왕상 아래."

"콜밴 기타 소리가 들리네."

승우는 사방으로 귀를 기울였다.

"윤지 보여?"

"아직."

"나도 안 들려… 콜트스트링 노조 깃발은?"

사방을 두리번거리던 용수는 깃발이 무대 바로 아래 있다고 말했다. 승우와 용수는 콜트스트링 깃발 쪽으로 향했다. 마이크에서 흘러나오는 구호 소리가 더 크게 울렸다.

해고는 원천무효! 해고자를 책임져라!

그들은 무대 옆으로 갔다. 용수가 사방을 두리번거렸다. 선글라스를 낀 승우의 눈이 군중을 향했다.

"오른쪽은 어떤 건물이야?"

"은행."

"그쪽에 윤지 있어?"

"없어."

"오른쪽 45도 쪽은?"

"휴대폰대리점."

"그쪽은?"

"그쪽도."

"가운데는?"

"가운데는 보험회사가 보이는데, 거기도."

"왼쪽 45도는?"

"전자회산데 가만 있자. 또 없어."

"왼쪽 어깨 옆에는?"

"안 보여."

승우는 용수에게 15도씩 각도를 끊어서 윤지를 찾아보라고 했다. 용수는 모자를 눌러쓴 사람이 보이고, 눈만 빠끔히 내놓고 머플러로 얼굴을 가린 여자가 몇 명 보인다고 말했다. 승우는 그들 중의 한 사람은 윤지일지도 모른다고 여기며 그들의 동태를 살피라고 했다. 시간이 흘렀지만 용수는 그들이 모자를 올리거나 벗거나 머플러를 벗지 않아서 가늠할 수 없다고 했다. 유랑제의 진행을 맡은 사회자는 단상에 올라 있는 콜트스트링 밴드에 마지막 노래를 부탁했다. 노래가 끝나면 오늘 행사도 막이 내릴 거라고 했다. 사회자가 승우 쪽으로 다가왔다. 의자에 앉았다. 승우는 방금 무대에서 내려온 자가 곁에 있다는 것을 직감한 듯 그쪽에게 말을 걸었다.

"사회잡니까?"

사회자는 승우의 손에 잡힌 흰 지팡이와 선글라스를 물끄러미 바라본 후 그렇다고 대답했다. 승우는 행사가 끝난 다음의 일정을 물었다. 청와대로 행진할 거라고 사회자가 입을 열었다. 승우가 부탁했다.

"사람을 지금 찾아야 하는데 마이크로 사람 좀 불러줄 수 있겠습니까?"

사회자는 말이 없었다.

"콜트스트링에서 해고되었고 시를 쓰는 시인인데, 그 사람이 실종됐어요. 집회도 자주 참여하는 활동가이기도 한 여성이 실종됐어요. 아버지가 찾고 경찰도 찾고 나도 찾고 있어요. 찾지 않으면 죽을 수도 있어요. 이름은 고윤지. 이곳에 왔을지 몰라요. 마이크로 좀 불러주세요."

승우가 재촉했지만 사회자는 입술을 닫고 무대로 올라갔다. 밴드의 노래가 끝났기 때문이었다. 사회자는 오늘 행사의 끝을 알렸다.

"사회자!"

승우가 소리쳤다. 집회에 자리한 사람들과 사회자가 토끼 눈으로 승우를 바라보았다. 마이크를 든 사회자는 인상을 구기면서 승우 쪽으로 다가왔다. 십 초 이내에 끝내라며 승우에게 마이크를 넘겼다. 승우는 마이크를 입술에 댔다.

"고윤지, 내가 왔어. 승우가 왔어. 내가 왔어, 윤지. 콜트로바를 가져왔어. 당신이 두고 간 그 콜트로바를 가져왔어…."

사회자가 승우의 마이크를 빼앗으며 집회에 모인 군중을 향해 청와대로 가자고 외쳤다. '해고노동자 연합'과 콜트스트링 해고노동자들이 깃발을 펄럭이며 청와대를 향해 나아갔다. 군중들은 썰물처럼 행사장을 빠져나갔다. 승우는 흰 지팡이를 짚고 무대 아래에 우두커니 섰다. 승우 옆에는 용수가 있었다. 승우는 용수의 눈을 빌렸다.

"사람들 발소리가 멀어져 가는데, 윤지 안 와? 더 안 들리네. 안 와? 모자 눌러쓴 여자, 머플러 두른 여자, 혹시 오나 좀 봐. 안 와? 은행 쪽 봐봐. 휴대폰대리점 쪽도. 보험회사 쪽도. 짱박혔는지 골목골목 좀 쭉 훑어봐. 없어? 사방을 둘러봐. 나를 쳐다보는 여자가 있나 좀 봐. 진짜 없어?"

용수는 '없어. 안 와'를 반복했다. 별안간 '퍽' 소리가 연이어 났다. 용수는 경찰이 쏜 최루탄 소리라고 했다. 용수는 빠져나갔던 군중들이 이쪽으로 몰려온다며 식겁한 목소리를 냈다. 흩어지고 멀어졌던 발짝 소리가 승우의 귓전으로 점점 격하게 들려왔다. 사방에서 기침 소리가 났다. 토하는 소리도 났다. 용수가 눈물을 흘리며 기침을 했다. 승우도 코를 막고 기침을 했고 입 밖으로 토사물을 줄줄 흘렸다. 군중들은 무대 저편과 승우가 있는 쪽으로 우, 아, 악, 왝, 왝,대는 소리를 내며 몰려왔다.

"신용수!"

승우가 불렀다. 대답이 없었다. 또 불렀다. 여전히 용수의 목소리는 들을 수 없었다. 다시 용수를 부르는 순간 누군가가 승우를 밀치며 지나갔다. 승우는 들고 있던 흰 지팡이를 놓치며 길바닥에 넘어졌다. 엉덩이를 하늘로 쳐들며 머리를 숙였다. 쫓기는 소리와 쫓는 소리, 비틀거리는 소리가 났다. 누군가가 왼발을 스치며 지나갔다. 그 순간 승우의 왼쪽 운동화 한 짝이 벗겨지고 말았다.

"내 신발 '함께걸음' 한 짝을…."

머리를 쳐들었다. 주위를 더듬었다. 지팡이를 잡았다. 주위를 빙빙 돌며 지팡이로 땅을 토닥였다. 운동화는 잡히지 않았다. 가까이서 '푸우, 피익' 소리가 연이어 났다. 소리와 함께 하늘에서 물이 쏟아졌다. 물은 또 분수처럼 솟구치는가 싶더니 폭포수처럼 쏟아졌다. 경찰의 물대포였다. 물은 승우의 머리와 어깨, 배를 타고 신발 속까지 스며들었다. 몸을 떨었다. 승우는 벗겨진 신발 한 짝을 찾기 위해 바닥을 기었다. 물대포 소리가 잦아들 때였다. 누군가의 발짝 소리가 울리는가 싶더니 이내 멈추었다. 승우는 누군가에게 왼쪽 발목을 잡혔다.

"누구요?"

대답이 없었다. 승우의 왼발에 신발이 신겨졌다.

"누구야. 신용수?"

"…."

승우는 그자의 팔을 붙들었다. 손을 만졌다. 얼굴도 만졌다.

"고윤지?"

"⋯."

틀림없는 윤지일 거라고 판단한 승우는 '백팩'을 내려놓고 지퍼를 열었다. 비닐을 꺼냈다. 비닐 속에는 윤지의 '콜트로바'가 들어 있었다.

"콜트로바로 갈아 신어."

승우는 콜트로바를 비닐째 건넸다. 이윽고 '짝, 짝' 하며 길바닥에 신발 떨어지는 소리가 났다. 잠시 후였다. 승우의 손에 묵직한 비닐이 들려졌다. 비닐을 열었다. 신발이었다. 승우는 신발을 만지작거렸다. 그러고 나서 머리를 하늘로 쳐들며 소리쳤다.

"달 잡았다! 내가 외포리 보름달을 잡았어! 콜트스트링 지붕 위에 뜬 겨울 달도 잡았어!"

비닐 속 신발은 '달로바'였다.

벌레
−네 번째 이야기

조혁신

1.

소비는 오락이고 삶이다. 한때 바우에게는 그랬다. 삼성의 이재용이나 대한항공의 조현아가 보기에는 발가락에 때만도 못한 돈이었지만 수입이 있었다. 그다지 많은 돈이 필요하지 않았다. 그냥 혼자서 먹고살 돈만 벌면 그만이었다. 이따금 십대인지 이십대인지 모호한 여자들이 바텐더로 서 있는 바에 가서 위스키 한 잔 마실 정도의 여윳돈이 통장에 잔고로 찍혀 있으면 족했다.

인터넷뱅킹 계좌에 찍혀 있는 아라비아숫자를 보면 기분이 좋았다. 숫자의 조합은 오른쪽에서 왼쪽으로 이동한다. 시계 방향이다. 숫자가 늘어나는 동안에는 이 세상이 아무리 쓰레기 더미라도 신경을 끄고 살 수 있었다.

그는 그저 지갑을 열어 다리를 꼬고 앉아 스마트폰에 시선을 고정한 여자들처럼 지갑 홀더에 도도한 자태로 꽂혀 있는 신용카드들 가운데 하나를 골라 소비가 주는 미학을 누렸다. 소비의 미학이란 이를테면 카드단말기에서 건조하게 흘러나오는 카드 결제 소리가 모차르트의 피아노 소나타 선율처럼 들리는 것.

서른셋 인생은 카드단말기에서 흘러나오는 소리처럼 간단명

115

료했지만 그럭저럭 운이 좋았다. 비록 고정적인 수입은 없었지만 중소기업 과장급 연봉 정도의 수입이 있었다. 게다가 빌라에 월세로 살지만 고시원을 전전하는 신세는 아니었다. 화장실 청소용 물통만한 팝콘통을 껴안고, 코끼리에게나 어울릴 법한 콜라컵을 쥐고, 하마의 입에나 물릴 법한 수도관 같은 빨대를 입에 물고 블록버스터 영화를 함께 볼 수 있는 애인도 있었다. 그렇다고 해서 여성 취향이 코끼리나 하마 같은 스타일은 아니다.

돈을 벌면서부터 자본주의 시대의 소비자답게 사치와 향락이라는 시대의 소비 요구를 충실히 따랐다. 텔레비전과 세탁기는 고물을 쓰고 있을지언정 스마트폰 모델이 새롭게 출시될 때마다 기기를 바꾸고 구형 태블릿을 중고 시장에 헐값으로 넘기고 새 태블릿을 샀다. 디자인이 촌스러워 삼성 제품은 사지 않았다. 삼성에 대해선 태생적으로 반감이 있었다. 어쨌든 한 입 베어 문 사과 로고가 싱그럽게 웃고 있는 애플 제품만을 샀다. 아이폰과 아이패드, 맥북은 개나 소나 가지고 다니는 물건이지만 삼성 제품을 가지고 다닌다면 개나 소 이하의 동물로 취급받을 것 같았다.

패션에도 꽤나 신경을 썼다. 유행에 뒤처지면 역시나 개나소 이하의 존재로 멸시를 받을 것이기 때문이다. 그래서 계절이 바뀌면 새 옷을 구입했고 청바지를 새로 사고 스니커즈와 로퍼를 샀다. 한두 번 입어보고는 아무렇게나 행거에 걸어놓은 재킷이 여럿 있었지만 계절이 바뀔 때마다 재킷을 샀고 재킷 색깔에 맞춰 바지를 새로 샀다. 재킷과 바지 색깔과 어울리는 셔츠도 샀다. 신발 색깔에 맞는 줄무늬 양말을 샀다. 참치처럼 매끈한 몸매의 남자 모델이 삼각팬티만 입고 있는 모습의 대형 브로마이드가 걸려 있는 매장을 지나치면서 구입한 삼각팬티는 서랍에 가득 차 있다. 서랍을 열면 똑같은 디자인과 똑같은 색상의 삼각팬티들이 가지런히 개켜져 있다. 삼각팬티는 영화 〈아일랜드〉의 복제인간 역을 맡은 이완 맥그리거와 스칼릿 조핸슨처럼 섹시했다.

2.

바우는 '고스트 라이터'였다. 이른바 대필 작가. 고스트 라이터라는 명칭보다 대필 작가로 불리기를 원했다. 이유는 단순했다. 어떤 정신머리 나간 자가 고스트 즉 귀신으로 불리길 좋아하겠냐는 이유에서였다. 물론 대필이란 말도 썩 달가운 소리만은 아니었다.

고객들은 주로 정치인들이었다. 국회의원을 비롯해 시장, 도지사, 시의원, 도의원과 돈 많은 정치 지망생들까지. 그는 정치가 존재하는 한 권력을 좇고 대필을 의뢰하는 부르주아 고객들은 계속 재생산될 것이라 믿었다. 그자들 때문에 나라꼴이 시궁창이고 많은 사람들이 시궁창에 빠져 허우적대고 있는데 그자들 덕에 먹고사는 것이 좀 미안한 일이기는 했다. 하지만 산 입에 풀칠할 수 없고, 목구멍에 거미줄 칠 수 없으며, 살 사람은 살아야 했다. 잠시 눈을 감고 귓구멍만 틀어막으면 삶은 심각해지지 않았다.

다만 어느 날 생뚱맞게 공산주의가 득세하여 난데없이 혁명이 일어나거나, 북한에서 쏜 장사정포 포탄이나 핵미사일이 머리 위로 날아든다면 그때는 사정이 달라질 것이다. 부르주아 고객들은 재빨리 미국으로 내뺄 테니 대필 작가 일을 접고 새 일자리를 알아봐야 한다. 그런데 공산주의 혁명이 일어나거나 장사정포 포탄이 머리 위로 우박처럼 쏟아지는 깃보다 다카기 마사오 같은 자와 그를 추종하는 좀비들이 다시 득세하는 걸 더 걱정해야 할 형편이었다.

대필을 의뢰하는 자들 중에는 "내가 겪은 파란만장한 일들을 소설로 쓰면 베스트셀러가 될 게 틀림없어. 지금 당장 집필료를 줄 순 없으나 나중에 책이 팔리면 인세를 7대 3으로 나눠 갖는 건 어때?"라는 개 풀 뜯어먹는 소리를 씹어대는 자도 있었다.

집필료를 떼먹고 배 째라, 하고 버티는 자들도 있었다. 글을 개발새발 썼다는 둥 감동이 없다는 둥 발가락으로 써도 이거보다 나을 거다, 하고 주제넘은 소리를 지껄이는 자들까지. 그런 자들을 만날 때마다 당장 일을 때려치우고 싶은 생각이 들곤 했다.

하지만 더럽고 치사하고 배알이 뒤틀려도 참을 수밖에 없었다. 직업을 구하기란 마른하늘 아래서 벼락을 맞고 죽는 것보다 어려웠다. 그나마 비정규직 아르바이트 자리를 얻는 것도 하늘에서 별 따기였다. 그런데 사나흘 정치인의 두꺼운 철판 같은 얼굴을 마주 대하며 인터뷰를 하고 일주일 정도 자료를 수집해 읽고 나서 두 달 동안 날두부에 쇠젓가락 꽂는 것 같은 이야기를 지어내면 반년 동안 놀고먹을 수 있는 돈이 굴러 들어왔다. 그러니 참고 일해야 했다. 그리고 고통 끝에 낙이 온다고 참고 버틴 덕에 이 바닥에서 나름대로 전문가로 인정받고 있었다.

대필 주문이 겹치거나 밀리면 바깥출입을 끊고 좁은 집필실에 웅크리고 앉아 맥도널드의 종업원들이 주문을 받고 프렌치프라이를 퍼 담고 종이컵에 얼음을 채우고 콜라를 뽑듯이 한꺼번에 원고 두세 편을 썼다. 몸에 무리가 따르는 일이었지만 뭐 바쁠 때는 어쩔 수 없는 일이었다. 현대자동차나 삼성전자처럼 필요할 때 쉽게 가져다 쓰고 필요 없으면 헌신짝처럼 내팽개칠 수 있는 임시직이나 아르바이트를 고용할 수 있는 노릇도 아니니 말이다.

나름대로 고충이 있는 일이었지만 만족스러웠다. 대필 작가로 일하면서 36개월 할부로 자동차를 한 대 샀고, 아이폰과 아이패드를 샀다. 백화점 의류매장의 마네킹 같은 여자들과 '원나잇'을 할 수 있었다. 그리고 무엇보다도 자서전 대필을 의뢰한 늙다리 국회의원 사무실에서 미나를 만날 수 있었다.

3.

연애란 소비를 의미했다. 〈파우스트〉의 메피스토펠레스를 닮은 자본주의는 인간의 가슴에 욕망의 불꽃을 심어주었지만 대신에 인간의 영혼을 동전 한 푼까지 탈탈 털어갔다. 미나는 메피스토펠레스처럼 욕망을 채워주는 대신에 지갑을 털어갔다.

부르주아들의 냄새나는 자서전을 대신 써주고 번 돈으로 미나에게 프라다 핸드백과 샤넬 향수를 사주었다. 그녀는 어린아이처럼 좋아했었다. 지난해 여름에는 둘이서 프랑스 남부 지중해 연안에서 휴가를 보냈다. 휴가를 떠나는 날 그녀는 그가 사준 페라가모 선글라스를 쓰고 기내용 하트만 캐리어를 줄에 묶은 애완견처럼 질질 끌며 공항에 나타났다. 소매가 없는 푸른색 미니원피스 차림에 흰 카디건을 걸치고 샌들을 끌고 나타난 그녀는 북적이고 있는 여행객들 사이를 유유히 가르며 다가왔다.

유럽에서 돌아와서는 미나를 자주 만날 수 없었다. 아쉬웠지만 바에 죽치고 앉아 여성 바텐더에게 엉덩이가 섹시하다는 둥

유방이 애플사의 사과처럼 아름답다는 둥 껄떡대며 '키핑'해 둔 위스키를 마시며 시간을 보냈다. 홀로 바에서 시간을 보내는 것은 그리 나쁘지만은 않았다. 그럭저럭 '나이스'였다. 집에 가는 길에 LP판을 틀어주는 바에 들러 줄담배를 피면서 음악을 들었다. 그가 태어나기도 한참 전에 유행했던 음악이었지만 어렸을 때부터 자주 들어 자연스레 귀에 익은 음악이었다.

성공한 인생은 아니지만 실패한 인생도 아니다, 하고 주문을 외며 넌덜머리가 나는 삶을 긍정하기로 결심했다. 고개를 한쪽으로 돌리거나 한쪽 눈을 감으면 시궁창 같은 세상과 다가기 마사오와 성조기를 펄럭이는 좀비 군상들이 보이지 않으니 말이다.

4.

삶을 긍정한다고 해서 눈앞에 늘 탄탄대로만 놓여 있는 것은 아니었다. 때로는 가시밭길을 피투성이 맨발로 걸어야 할 때도 있다. 설 연휴가 얼마 지나지 않아 어떤 얼빠진 국회의원이 출판기념회를 하면서 카드단말기로 책값을 받아 신문과 방송에 대서특필되면서부터 앞날에 고난의 가시밭길이 놓이게 되었다. 가뜩이나 정치인들이 출판기념회를 하면서 이익단체로부터 책값 명목으로 수백만 원에서 수천만 원대에 후원금을 받고 있다는 비난여론이 있었는데 얼빠진 작자의 카드단말기 사건으로 불난 집에 기름을 부은 꼴이 되었다.

그 사건 이후로 대필 의뢰가 예고도 없이 수돗물이 중단되듯 끊겼다. 처음에는 여론이란 냄비 물 끓듯이 들끓다가 으레 곧 잠잠해질 것이라고 가벼이 여겼다. 미나를 만나면서 돈을 물 쓰듯

했지만 통장에는 적어도 몇 달을 버틸 수 있을 만큼의 잔고가 있었고 이듬해 봄에 선거가 있으니 정치인들의 자서전 집필 의뢰가 들어올 것이라 여기고 대수롭지 않게 생각했던 것이다. 서울에서 인천의 변두리 빌라촌으로 월세를 옮긴 터라 큰돈은 아니지만 남는 보증금도 있었고 정치에 뜻을 둔 돈 많은 늙은이의 자서전을 가을까지 집필해주기로 계약을 맺고 미리 받아둔 계약금도 있었다.

인생을 살아가는 동안에는 반드시 휴식을 가져야 할 시간이 오기 마련이었다. 수입이 줄었지만 그에게는 재충전할 수 있는 시간이었다. 지금이 바로 그때였다.

바우는 방구석에 틀어박혀 책을 읽고, 밤에는 음악을 들으며 술을 마시겠다고 결심했다. 휴대전화 전원을 꺼놓을까 생각했으나 대필 주문을 의뢰하는 전화가 올 수도 있었고 유일한 혈육인 아버지가 이따금씩 연락을 해왔으므로 휴대전화는 그대로 두기로 했다.

만약 전화를 받지 않으면 아버지는 부리나케 집으로 찾아와 빌라 현관문을 부서져라 두드려댈 것이다. 벨이 있는 데도 안중에도 없는 듯 고래고래 소리를 지르며 문을 두드릴 것이 뻔했다.

언젠가 한 번은 집에 아무도 없는 척 입을 다물고 문을 열어주지 않았는데 아버지는 문이 부서져라 두들겨댔고 마치 강도라도 때려잡겠다는 기세로 현관문에 몸을 던지고 발길질을 하고 난리법석을 부렸다.

아버지는 자식에 대해 걱정을 해본 적이라곤 없는 인간이었다. 고교 시절에 보름간 가출을 했었는데 아버지는 아들이 가출을 한 사실조차 모르고 술이나 퍼마시고 있었던 사람이다. 단지 아버지는 돈을 뜯어내려 자식에게 전화하고 집에 불쑥 찾아왔다. 마치 거액의 재산을 물려주거나 금궤라도 맡겨둔 듯 뻔뻔하게. 현관문을 부서져라 두드리고 고래고래 소리를 지르는 것은 개 버릇 남 못 준다고 아버지의 오래된 버릇일 뿐이다. 아버지만 생각하면 한마디로… 쉬트!

5.

모처럼 찾아온 여유를 즐기고 있는 며칠 동안 다행히 아버지로부터 전화 한 통 걸려오지 않았다. 전화가 안 왔으니 전화를 받지 않을 일도 없었고 아버지가 집까지 찾아와 현관문을 두들겨 팰 일도 없었다. 새로 이사 온 빌라의 주소를 알려주지 않았으니 오려고 해도 올 수 없다. 아니 이사한 사실조차 모르고 있다.

트레이닝복 차림으로 거실에 드러누워 소설책을 읽고 있는데 미나에게서 텔레그램 메시지가 왔다.

"네 입술이 그리워."

"섹스하고 싶어."

머릿속을 숯가마처럼 뜨겁게 달아오르게 만드는 메시지였다.

"만나서 술 마실까?"라고 답신을 보냈다.

"….".

그런데 답신이 뚝 끊겼다. 그러곤 두어 시간 동안 아무런 메시지도 없다가 텔레그램 메시지를 보내왔다.

"오늘은 사무실에서 회식이 있어서 힘들어. 나중에 보자."

갑자기 맥이 풀렸다. 닭 쫓던 개가 지붕을 쳐다보는 듯 더러운 기분이 들었다. 그는 LP음반이 든 종이 상자에서 〈신중현과

엽전들〉의 1집 앨범을 골라 턴테이블에 올려놓았다. 오디오와
턴테이블, LP음반들은 집을 뛰쳐나오면서 가져온 물건들이었
다. 고물 오디오였지만 쓸 만했다. 〈신중현과 엽전들〉의 음반은
아버지가 가장 아끼는 음반 중에 하나였다. 아버지가 소중히 여
겼던 것이니만큼 〈신중현과 엽전들〉의 음악을 들을 때마다 아버
지의 턱에 카운터펀치를 한 방 먹인 듯 가슴이 후련해지곤 했다.

　오디오의 전원을 켜고 볼륨을 높이자 첫 번째 곡 〈미인〉이 흘
러나왔다. 어깨를 들썩거리게 하는 기타와 베이스 소리를 타고
싸구려 위스키에 코코아 가루를 섞은 것 같은 신중현의 끈적끈적
한 목소리가 흘러나왔다. 음악을 들으며 커피 메이커로 원두커
피를 내렸고, 커피를 마시며 담배를 피웠다. 반쯤 남은 위스키
를 꺼내 얼음을 채운 잔에 따라 마셨다. 취기가 몸을 뜨겁게 적셨
고 〈신중현과 엽전들〉의 2집 음반과 김추자, 장현, 김정미의 노
래를 연이어서 들었다. 위스키는 바닥을 드러내고 거실에 쌓아둔
책 더미 속에서 굴러다녔다. 졸음이 밀려들었는데 텔레그램 메시
지 알림 소리가 들렸다. 거실에 산처럼 쌓인 책 더미와 바닥에 아
무렇게 흩어진 LP음반 더미에서 아이폰을 겨우 찾아내 메시지를
확인했다.

　"나 취한 거 같아. 데리러 올 수 있어?"

　미나의 메시지였다.

　"지금 나갈게. 어디야?"

　취기로 감각이 무뎌진 손가락으로 아이폰 터치 자판을 겨우
겨우 눌러 메시지를 보냈다.

　"괜찮아. 혼자 택시 타고 집에 갈게."

그녀에게 전화를 걸었으나 신호만 갈 뿐 전화를 받지 않았다. 그는 하루키 소설의 주인공처럼 신호음이 스물다섯 번 울릴 때까지 휴대전화를 들고 있었다. 그녀가 전에 쓰던 컬러링을 지운 이유가 궁금했다. 텔레그램으로 메시지를 보냈으나 더 이상 대답이 없었다. 그러다가 자정 무렵에 텔레그램 알림 소리가 다시 들렸다.

거울에 비친 몸을 찍은 미나의 셀카 사진이 아이폰 화면 속에 담겨 있었다. 목욕 타월로 몸을 가렸지만 깊게 패인 가슴골과 고무줄처럼 탄탄한 어깨 근육과 쇄골, 하얀 유방, 미끈한 허벅지와 종아리를 드러낸 그녀의 육체. 그리고… "나 이제 샤워하고 잘 거야…"라는 문자.

밤은 깊었고, 술에 취했다. 그녀의 연락을 기다리다가 지쳐 버렸다. 기다림은 숯불처럼 빨갛게 타오르던 욕망을 잿빛 재로 만들었다. 그녀를 상상하며 마스터베이션을 할 기력마저도 빠져 버렸다.

이틀을 더 비슷한 수법으로 미나는 바우의 진을 뺐다. 왜 섹시한 여자들은 부르주아의 못된 버르장머리를 닮는 걸까.

6.

나흘째 되던 날 저녁에 결국 미나를 만날 수 있었다. 때마침 벚꽃 철이라 여의도에 가서 수많은 인파에 묻혀 발그스레한 벚꽃이 만개한 길을 함께 걸었다. 어둠이 내리고 가로등 불빛이 흐드러지게 비추는 거리를 걸으며 그녀의 머리칼을 쓰다듬었고 덩치 큰 벚나무 아래에서 키스를 했다. 키스를 하고 나서 미나의 양 볼을 두 손으로 가볍게 쥐며 과장된 목소리로 말했다.

"너 또 앙큼한 고양이처럼 굴면 엉덩이가 불이 나도록 때려줄 거야."

"그럼, 여기서 치마를 걷어 올리고 팬티를 내릴게. 화 풀릴 때까지 맘껏 때려."

그녀가 몸을 반쯤 돌리고 엉거주춤하게 엉덩이를 내밀고 당장이라도 치마를 걷어 올리기라도 하려는 듯 치맛단을 잡고 킬킬거렸다.

킬킬대는 미나를 바라보다가 문득 오래전에 읽었던 장정일의 소설 〈내게 거짓말을 해봐〉의 주인공 제이와 와이가 생각났다. 미나는 와이를 닮았다. 제이가 와이의 엉덩이에 채찍질을 하듯이 미나의 엉덩이에 피멍이 들도록 자신의 손자국이 엉덩이에 문신처럼 발갛게 새겨지도록 패주고 싶은 욕망이 굶주린 들짐승의 발걸음처럼 어두운 그림자를 소리 없이 밟으며 다가왔다. 하지만 그녀의 엉덩이에 피멍이 든 손바닥 자국을 남기려는 욕망은 가식이라는 마음의 우물 속 깊고 어두운 밑바닥에 던져두어야 했다.

그는 시무룩해졌다. 섹스를 하자고 여자에게 구걸하듯 애걸복걸해야 하고, 여자의 비위를 맞춰야 하고 여자의 눈치를 살펴야 하는 남자의 삶이 애처롭다는 생각이 들었다. 성욕을 채우려는 생각이 뇌세포의 99퍼센트를 차지하고 있을 뿐인데 애인에게 사랑한다고 거짓말을 해야 했다. 아니 고작 1퍼센트뿐인 진실을 99퍼센트인 양 말해야 했다. 욕망 때문에 애인에게 선물을 줘야 하고, 선물을 사기 위해 돈을 벌어야 하고 거짓말을 해야 하는 행위들이 불합리하게 여겨진 것이다.

학창 시절… 첫사랑은 미래가 없어 보이는 자신을 버리고 집안 배경이 든든하고 명문대를 졸업한 능력 있는 작자의 품으로 떠났다. 서울 변두리에 있는 대학을 다니다가 중간에 그만둔 자신은 별 볼 일이 없는 존재였을 뿐이었다. 대학에 다닐 때도 강의실에 있는 시간보다 아르바이트를 하는 시간이 더 많았다. 학업을 중도에 때려치웠으니 일자리도 구할 수 없었다. 주변엔 친구 하나 남아 있지 않았다. 그나마 마음을 터놓고 지냈던 녀석들은 직장을 잡아 지방으로 떠났거나 공무원 시험을 본다며 노량진 고시원에 처박혀 소식을 끊고 살았다. 그래 그들도 사정이 있어 연락을 하지 않았을 것이다. 사는 게 개떡 같으니까 주변을 돌아볼 짬을 내기 어려웠을 것이다.

술 생각이 간절해졌다. 취하지 않고서는 견딜 수 없을 것 같았다. 대필 작가로 유령처럼 사는 이유가 고작 돈 몇 푼 벌고 그 돈을 물 쓰듯 쓰며 여자를 꼬드겨 모텔로 유인하는 것이라니. 이런 날엔 삶에 대한 자기모멸감이 드물지만 이따금씩 고개를 치켜들곤 한다.

"술 마시러 가자."

미나를 이끌고 단골 와인바로 향했다. 미나는 영문도 모른 채 생글거리며 팔짱을 껴오고 옆구리에 달라붙었다.

와인은 처음엔 씁쓸하고 건조했으나 곧 달콤하게 혀를 적시고 밤이슬처럼 뇌를 적셨다. 알코올 기운이 몸에 퍼지자 몸이 뜨겁게 달아올랐다. 술이 인간에게 이로운 점은 이런 거 아닐까. 바로 넌덜머리가 나는 세상일을 쉽게 잊게 해주는 것.

바에서 흘러나오는 음악 소리가 모기가 귓가에서 웽웽거리는 것처럼 귀찮게 들리는 걸로 보아 좀 취한 것 같았다. 미나의 입술을 빨고 싶은 욕구가 가슴속 밑바닥에서 목구멍으로 치솟았다. 테이블 건너편에 다소곳이 앉아 있는 미나의 목덜미를 두 손으로 감싸 안고 가볍게 끌어당겨 키스를 했다. 거리에서 나눴던 키스보다 진한 레드 와인 같은 키스를. 그녀의 입술이 가늘게 떨고 혀가 제멋대로 몸부림치는 것이 느껴졌다. 그녀의 혀에서 달착지근한 맛이 났다. 좋은 징조였다.

하지만 섣부른 상상이나 예단은 금물이었다. 김칫국부터 마신다는 말은 진부하지만 이럴 땐 꼭 싱싱한 횟감처럼 팔딱팔딱 뛰는 언어가 되어 십중팔구 들어맞았기 때문이다.

"오늘 밤 같이 있어줄래?"

탁자 너머에서 와인잔을 만지작거리고 있는 미나의 손을 잡으며 말했다. 낯간지럽고 닭살 돋는 말이긴 했다. 그렇다고 해서 대놓고 섹스하자고 말하는 것은 와인바에 대한 모독이며 비싼 와인에 대한 망언이다. 그녀는 얼굴빛이 하얗게 바뀌더니 뾰로통하게 눈살을 찌푸렸다.

"왜… 싫어?"

"그건 아니고… 나 그거 별로 좋아하지 않잖아."

별로라니! 술기운이 드라이아이스 연기처럼 몸에서 순식간에 달아나는 기분이었다. 아니 바윗돌만 한 드라이아이스 덩어리로 뒤통수를 세게 얻어맞은 느낌이었다. 그녀와 함께 사랑을 나눈 밤만 해도 헤아릴 수 없는데 별로라니. 지중해 연안에서 함께 휴가를 보내면서 에메랄드빛 바다를 바라보면 일광욕을 하고 호텔 침대 위에서 시시덕대며 뒤엉켜 있었던 일들이 모두 별로라니.

도무지 종잡을 수 없는 소리였다. 그동안의 성생활이 자신이 일방적으로 강요한 거였고 그녀는 억지로 감내해야 했던 불공평한 행위였단 말인가.

"알았어."

그는 자존심에 상처를 입었지만 내색하지 않고 말했다. 거절하거나 몸을 웅크리는 여자를 보채거나 재촉하면 오히려 마음의 문을 더 굳게 걸어 잠그게 하는 역효과를 낸다. 섹스를 하자고 여자를 보채는 것은 인간 수컷들이 범하는 가장 멍청한 짓 중에 하나이기 때문이다. 하버드대 연구팀의 연구 결과대로 인간 수컷은 56초마다 섹스를 하고 싶어 한다고 해서 56초마다 섹스를 할 수는 없다. 하룻밤에 단 한 번의 섹스를 하기 위해 56초마다 섹스를 갈망할 뿐일 것이다. 물론 하룻밤에 서너 번 또는 그 이상 그 짓을 하는 돌연변이 별종들도 있긴 하다.

"모텔이나 호텔에 가는 게 싫어서 말야. 남들이 발가벗고 샤워를 했던 욕실에서 몸을 씻고 그들이 드러누웠던 침대 위에서 섹스를 하는 게 싫어. 그동안 말은 하지 않았지만, 가끔씩 우리가 마치 발정이 난 짐승 같다는 생각이 들었어."

이번엔 바윗돌만 한 드라이아이스로 얻어맞은 게 아니라 진짜 커다란 바윗돌에 깔린 기분이었다. 그녀의 입에서 그런 말이 나올 줄은 전혀 생각지도 못했기 때문이다. 성욕과 사치, 허영이 충만한 여자인 줄만 알았는데 속 깊은 곳에 그와 같은 여린 감성이 숨어 있을 줄 몰랐다.

그녀의 눈을 똑바로 바라보았다. 그녀가 흔들리는 눈빛으로 그를 마주 보았다. 그녀에 대한 애정이 99퍼센트가 되고 그녀와 섹스를 하고 싶다는 욕망이 1퍼센트로 바뀌었다. 새로 출시된 아이폰을 손에 쥔 것처럼 그녀가 사랑스러워졌다.

그런데 모텔과 호텔이 싫다면 어디를 가야지? 문득 든 의문이었다. 자동차 안에서? 하지만 카섹스를 할 수 있을 만큼 인적이 드물고 어두침침한 곳을 찾기란 말처럼 쉬운 일이 아니다. 지금은 술을 마셔 운전을 할 수도 없었다. 그렇다고 대리운전을 불러 한강공원이나 으슥한 한강대교 밑으로 가자고 할 수도 없는 노릇이다. 이런, 쉬트!

골똘히 생각에 잠겼는데도 답이 나오지 않았다. 생각하면 할수록 머릿속에는 모텔, 호텔, 자동차라는 세 단어만이 순서를 바꾸면서 빙빙 돌 뿐이었다. 진시황제가 아방궁을 만들고 다카기 마사오가 궁정동 안가를 만든 데는 그럴만한 이유가 있었던 것이다. 이 세상에서 남의 눈치를 보지 않고 키스를 하고 애무를 하고 오르가슴을 느낄 수 있는 공간이 숙박업소와 자동차뿐이라니… 이건 정말 OECD 회원 국가에서는 도저히 있을 수 없는 일이다. 조선시대에도 보리밭이나 물레방앗간이라는 낭만이 존재하는 공간이 있었고, 하다못해 산업화 이후에는 비닐하우스에서 사랑을 나누기도 했다는데 말이다. 갑자기 이마에 땀이 맺히고 혈당이 떨어진 것처럼 눈앞이 아득해졌다.

그때 미나가 바닥까지 떨어진 혈당을 끌어 올려주었다.

"자기 집에 가자."

"우리 집?"

"응. 이사도 했다면서. 집 구경도 할 겸."

그녀의 말은 파울루 코엘류의 〈연금술사〉에서 나온 "자네가 무언가를 간절히 원할 때 온 우주는 자네의 소망이 실현되도록 도와준다네"라는 대목을 떠올리게 했다. 권력을 쥔 어떤 여자가 철없는 아이들을 불러놓고 떠들었던 "정말 간절하게 원하면 전 우주가 나서서 다 같이 도와준다, 그리고 꿈이 이뤄진다"라는 말 같기도 했다. 아, 그 권력자는 머릿속이 비거나 머리가 닭대가리인 줄 알았는데 보기와 달리 책도 많이 읽고 교양이 있다. 그런데 그 권력자는 대체 코엘류의 소설을 읽기는 한 것일까. 밤하늘을 바라보며 우주의 무수한 별들을 헤아려본 적은 있을까. 밤하늘 아래서 좌절하고 절망했던 사람들의 간절한 소망들을 말이다. 어쩌면 그 권력자는 아이들을 불러놓고 여왕 코스프레를 하며 죄 없는 책상을 상대로 헐크 호건처럼 헤드록을 걸고 불끈 주먹을 쥐고 그 주먹을 쾅, 쾅, 쾅… 열 번이나 내리치지 않았을까. 어쨌든 생각만 해도 토악질이 나오는 그 권력자의 우주론을 빼면 지금 이 순간은 괜찮았다.

"그래 가자."

그는 당장 일어설 듯 말했다. 우주가 도와주더라도 붙잡지 않으면 터널의 어둠 속으로 사라져가는 지하철 뒤꽁무니만 쳐다보는 꼴이기 때문이다.

"근데, 자기야."

"왜?"

"나 프라다 가방 갖고 싶어."

프라다? 누구의 말마따나 혼이 정상이 아니라 헛소리가 들린 걸까. 프라다가 프라하로 들렸고 머릿속에는 영화 〈프라하의 봄〉과 영화의 원작인 밀란 쿤데라의 소설 〈참을 수 없는 존재의 가벼움〉이 빠르게 지나갔다. 갑자기 그녀에 대해 새로이 느꼈던 호감은 술에 떡이 돼 구입한 지 며칠 지나지 않은 아이폰을 잃어버리고 삼성 구형 휴대전화기를 마지못해 쓰고 있는 기분으로 바뀌었다. 젠장!

"작년에 여름휴가 가기 전에 사줬잖아?"

"그건 핸드백이고, 숄더백 말야. 비싸지도 않아. 100만 원대야."

"뭐, 100만 원?"

100만 원이라는 돈은 이웃집 애새끼 이름이 아니다. 명품으로 몸을 치장하는 것이 삶의 목적인 여자들에게는 별 거 아닐 테지만.

프라다와 페라가모, 까르띠에, 에르메스 같은 명품이란 부르주아들이 그들의 삶의 영역에 프롤레타리아들이 단 한 발자국이라도 침범하지 못하도록 저지하는 전술 무기와도 같은 것이다. 부르주아는 명품이라는 개인화기로 무장하고 자신들만의 특별한 소비를 통해 구별짓기 욕망을 실현한다. 하지만 그들의 의도와는 달리 쥐뿔도 가진 것이 없는 인간들은 조르주 바타유의 말마따나 금지된 것만을 악착같이 욕망한다. 그들은 신용카드라는 칼라시니코프 돌격소총을 움켜쥐고 부르주아들의 저지선을 향해 목숨을 내던지며 돌격한다. 그러곤 부르주아들의 진지를 코앞에 두고 신용카드 청구서를 입에 물고 구멍이 뚫린 몸에서 내장이 쏟아지고 피를 쏟으며 전사한다. 쉬트!

"그래 사줄게. 다음 주에 사러 가자."

바우가 말했다. 뭐 이 상황에서 어쩔 수 없잖냐, 하는 체념

이 묻어나는 목소리였다. 허리우드 여배우들이 들고 다니는 에르메스 버킨 백을 사달라고 하지 않은 것만으로도 감사할 따름이었다.

"지금 사줘."

그녀가 보채듯 말했다. 앙증맞은 고양이처럼, 탁자 위에 놓인 헬로 키티 캐릭터가 인쇄된 분홍빛 머그컵처럼 꼼짝하지 않은 채 바우를 빤히 쳐다보고 있었다.

"이 시간에? 백화점 문 닫았어."

"해외 직구 쇼핑몰이 있어."

어쩔 수 없이 그는 아이폰을 꺼내 미나가 일러준 해외 명품 구매대행 사이트에 접속을 하고 그녀가 손가락으로 가리키는 가방을 클릭하고 신용카드로 결제했다. 가격은 199만 9천 원으로 그녀의 말마따나 100만 원대이긴 했다.

7.

와인바에서 나와 여성 대리기사를 불렀고, 평범한 주부처럼 생긴 40대 중반의 여성 대리기사에게 자동차 열쇠를 넘겨주었다. 자동차를 타고 집까지 오는 내내 미나는 바우의 옆구리에 몸을 기댄 채 생글거렸다. 그녀는 리어뷰 미러에 비친 대리기사의 시선을 아랑곳하지 않고 그에게 키스를 했고 그의 팔꿈치에 살짝 가슴을 밀착시켰다. 재킷 안주머니에 꽂힌 휴대전화에서 진동음이 울렸으나 그는 무시하기로 했다. 전화를 받을 만한 상황도 아니었지만 미나가 손을 잡아끌어 그녀의 무릎에 포개어놓았기 때문이다. 그녀의 뜨거운 입김과 포근한 젖가슴의 감촉… 이 모든 것이 프라다 가방의 효과에서 비롯된 것이었다. 통장 잔고야 바닥으로 곤두박질쳤겠지만 나쁘지만은 않았다.

하지만 프라다 가방의 효과는 그리 오래 가지 않았다.

자동차가 서울을 벗어나고 신도시 아파트 숲을 지나쳐 좁고 구불구불하며 낡은 공동주택들이 쓰러질 듯 기울어져 있는 빌라촌 골목으로 들어서자 인신매매단이나 장기매매단에게 납치라도 된 것처럼 미나의 안색이 어두워졌다. 입김으로 뜨거웠던 자동차 실내의 공기는 김빠진 사이다처럼 맹맹해졌다.

"집이 뭐 이래?"

현관문을 열고 집 안으로 들어가, 거실이랄 것도 없는 좁은 공간에 자유의 여신상처럼 우뚝 선 채 실내를 둘러보며 그녀가 던진 첫마디였다.

아무렇게나 쌓여있는 책 더미와 벽 한쪽에 크롬도금이 벗겨져 검게 얼룩이 진 채 방치되고 있는 벤치프레스 운동기구, 바벨에 걸려 있는 줄무늬 양말과 누런 오줌 때가 남아있는 캘빈클라인 속옷. 잡음을 내며 깜박거리는 형광등, 검은곰팡이가 핀 벽지, 설거지를 하지 않은 채 싱크대에 쌓아둔 냄비와 그릇들까지. 그녀는 난민촌을 방문한 적십자 구호 요원 같은 얼굴로 눈살을 찌푸렸다.

"이사 온 지 얼마 안됐잖아. 짐 정리를 하지 않아서 그래."

그는 대충 얼버무리고 그녀의 손을 잡아 침실로 이끌었다. 프라다 가방 효과가 발톱만큼이라도 남아 있을 때 그녀와 사랑을 나눠야 하기 때문에 마음이 조급해졌다.

"잠깐!" 그녀가 바우의 손을 뿌리치며 말했다.

가슴이 덜컹 내려앉았다. 먹구름이 몰려오는 깃처럼 불길한 예감이 들었다.

"왜?"

"화장실 좀."

다행이었다. 바우는 손으로 화장실을 가리켰다.

미나는 쑥스러운 눈웃음을 짓고 화장실 문을 열고 전등 스위치를 켰다. 그러곤 갑자기 변기 앞에서 얼어붙었다. 무슨 일인가 싶어 그는 그녀에게 다가갔다.

그녀는 더럽고 추악한 양변기를 아무 말 없이 내려다보고 있었다. 그와 그녀 사이에 다시 먹구름이 몰려들었다. 아, 그녀는 마르셀 뒤샹이 "당신들은 이 변기를 무관심하게 볼 수 있는가? 그렇다면 당신들은 아름다움이나 혹은 추함이라는 미적인 느낌을 가지게 될 것이다"라고 말한 것처럼 변기를 무관심하게 볼 수는 없는 걸까.

잠시 동안 당혹스러운 표정으로 추악한 변기를 내려다보고 있던 그녀는 어쩔 수 없다는 표정을 짓더니 화장실 문을 닫았다. 그녀의 속옷 내리는 소리와 변기통 물이 내려가는 소리, 소변을 보는 소리, 돌돌 말려있던 화장지가 풀어지면서 경쾌하게 끊어지는 소리가 들렸다. 다시 물이 내려가는 소리가 들렸다. 잠시 동안 안에서 침묵이 흐르더니 옷 벗는 소리가 희미하게 들려왔다. 그녀의 옷이 살결에서 미끄러지는 소리에 이어 샤워꼭지에서 물 쏟아지는 소리가 들렸다.

바우는 화장실 문 앞에 서서 자신의 발끝을 내려다보고 있었다. 그녀는 샤워를 하면서 쓰러질 듯 기울어져 가고 있는 빌라 건물과 곰팡이 핀 벽지와 더럽고 추악한 변기를 노골적으로 경멸하고 있겠지. 곰곰이 생각해보니 아무래도 그녀를 집으로 데려오는 것은 잘못된 결정이었다. 구질구질한 싸구려 빌라보다는 차라리 싸구려 모텔로 향했던 것이 백만 배 나았을 거란 후회감이 들었다.

"씻을 거지?"

미나가 수건으로 가슴을 가리고 원피스와 속옷을 든 채 알몸으로 나오면서 생글거리며 말했다.

그녀가 던진 눈빛과 웃음에서 욕망의 냄새가 났다. 그녀는 그가 어쩔 줄 몰라 하는 것을 간파하기라도 한 듯 그의 눈앞에 득의만면한 웃음을 뿌리고 요염하게 엉덩이를 흔들며 침실로 들어갔다. 일을 그르친 줄만 알고 자포자기에 빠졌는데 뜻밖이었다.

그래, 프라다 가방은 마르셀 뒤샹의 변기보다 위대했다. 프라다는 엽전들의 신중현보다도 들국화의 전인권보다도 싸이보다도 위대하다. 아니, 조물주 위에 있는 건물주, 싸이 이 자식은 빼야 한다. 어쨌든 프라다는 비틀즈보다도 위대할 것이다. 고로 프라다는 예수보다 유명하고 위대하다. 그는 재킷을 벗고 청바지와 속옷을 한꺼번에 벗어던지고 바다에라도 뛰어드는 것처럼 샤워 꼭지 아래로 돌진했다.

8.

그는 미나의 은밀하게 다물어진 입술 사이를 비집고 들어가 꿀처럼 달콤하고 부드러운 그녀의 혀를 맛보았다. 서로 알몸으로 맞닥뜨려 살과 살을 맞대는 행위는 처음에는 최고급 레스토랑에서 식사를 하는 것처럼 우아하고 느긋했다. 그녀의 육체는 프라다 가방처럼 요염했다. 그녀의 머릿결과 팔의 움직임은 크리스티앙 디오르의 드레스 코드처럼 세련됐다. 그의 가슴은 베네통 광고풍선처럼 팽팽하게 부풀어 올랐다. 그녀는 까르띠에 시계 바늘처럼 그의 부푼 욕망을 날카롭게 찔러댔다. 가슴이 당장이라도 터질 것 같았지만 곧바로 근육이 반응하며 딱딱하게 굳어 피부를 가죽처럼 질기게 만들었다.

그는 서두르지 않았다. 그녀의 입술에 오래도록 머물렀고, 그녀의 머리카락 하나하나를 섬세한 손길로 정성스레 어루만졌다.

입술이 몸의 일부에 와 닿을 때마다, 손길이 머무를 때마다 그녀는 속삭이듯 깊고 낮은 탄성을 내쉬었고 가녀린 두 팔은 그의 단단한 근육을 붙잡으려고 허공을 휘저었다. 시간은 더디게 흘러만 가는 것 같았다. 결코 긴 관능의 시간은 아니었지만 또한 짧은 시간도 아니었다. 마침내 그녀의 잘록한 허리와 탄탄한 엉덩이가 관능적으로 물결치고 허공을 휘젓던 그녀의 두 팔이 그의 어깨를 단단하게 휘감았다. 그는 그녀의 무릎 사이를 지나 탄탄한 그녀의 허벅지 안으로 파고들어가려고 온몸의 근육에 힘을 주었다.

쾅, 쾅, 쾅….

갑자기 현관문을 두드리는 소리가 들려왔다.

"문 열어!"

맙소사! 그였다. 곰 같은 사내. 아버지의 목소리였다.

"누구야?"

미나가 겁먹은 표정으로 물었다.

"그냥 아는 사람야. 이따금씩 불쑥 쳐들어와선 부술 듯이 문을 두들기곤 돈을 꿔달라고 손을 내미는 사기꾼야. 돈 몇 푼 쥐어주면 얌전히 사라질 거야."

바우는 미나의 다리 사이에서 몸을 빼고 바지만 대충 끌어올린 채 재킷 속주머니에서 지갑을 꺼내고는 투덜거리며 현관으로 향했다.

9.

"이 자식아, 이사를 갔으면 적어도 집이 어딘 줄은 알려줘야 할 거 아냐? 그리고 왜 전화 안 받은 거야?" 바우가 현관문을 비시시 열고 고개를 내밀자마자 아버지가 건물이 떠나갈 듯 소리를 질렀다.

"여긴 어떻게 알고 왔어요?"

아버지를 안으로 들여보내지 않으려고 문손잡이를 단단히 틀어쥐고 말했다.

하지만 아버지의 악력은 대단했다. 눈 깜짝할 사이에 현관문을 바깥으로 열어젖혔고 안쪽에서 문손잡이를 틀어쥐고 있던 바우는 하마터면 그대로 현관문 손잡이에 매달린 채 바깥으로 끌려가 앞으로 고꾸라질 뻔했다. 열린 문으로 아버지가 곰 같은 몸을 들이밀며 안으로 들어왔다. 몸을 던져 곰 같은 덩치의 사내가 거실로 올라오는 것을 현관 앞에서 겨우 막았다.

"어딜 들어와요. 여긴 내 집이라구요. 나가요!"

"애비가 자식 집에도 못 들어간단 말이냐!"

곰 같은 사내가 미식축구 선수처럼 몸을 들이밀었고 바우는 사생결단의 심정으로 그를 몸으로 가로막았다.

"어쨌든 안 된다니까요!"

부자가 몸싸움을 벌이고 있는데 미나가 바우의 맨투맨 티와 트레이닝 바지를 입은 채 침실 문을 열고 거실로 나왔다. 옷이 커서 마치 허수아비에 부대를 뒤집어 씌워놓은 것처럼 보였고 옷이 흘러내려 그녀의 한쪽 어깨가 훤히 드러나 있었다.

"저 말라깽이는 누구냐?"

아버지가 공사장 삽날 같은 사각의 턱을 치켜들어 턱 끝으로 후려치기라도 할 듯 미나를 가리키며 말했다. 삽날은 미나의 드러난 어깨와 보일락 말락 드러난 가슴골을 파헤치고 그녀의 얼굴로 향했다.

"알 바 없잖아요!"

"애인이냐?" 아버지는 음흉함이 묻어나는 목소리로 말했다.

"돈 줄 테니까 꺼지란 말예요!"

그는 지갑에서 손에 잡히는 대로 지폐를 꺼내 내밀며 언성을 높였다.

"하룻밤만 신세지자. 네 어머니한테 쫓겨났거든."

"어머니라뇨? 그 얼빠진 여자 말하는 거예요?"

"버르장머리 없는 소리 말어. 새어머니도 엄연히 어머니야!"

아버지는 바우의 손에서 지폐를 낚아채고 어깨로 그를 밀치며 재빨리 거실로 올라섰다. 그러곤 음흉한 시선으로 미나의 얼굴과 몸을 한 번 훑어보면서 징그러운 웃음을 던지더니 침실로 들어갔다.

"저 강간범처럼 생긴 사람이 아버지야?"

미나가 어리둥절한 표정으로 말했다.

바우는 어깨를 축 늘어뜨린 채 고개를 힘없이 끄떡였다.

잠시 뒤, 침실 문이 벌컥 열리더니 미나의 원피스와 스카이 블루 빛의 카디건, 속치마, 돌돌 말린 스타킹, 브래지어, 그리고 삼각팬티가 포물선을 그리며 거실 허공을 가로질렀다. 그녀의 옷가지들은 날개를 편 새처럼 허공에서 잠깐 멈추더니 곧 바닥에 흐트러져 떨어졌다. 그녀의 브래지어는 정말 한 마리 산비둘기처럼 보였고 그녀의 작고 앙증맞은 삼각팬티는 길을 잃고 해변으로 쓸려온 새끼 가오리 같았다.

"저 인간이 정말…."

바우는 치솟는 분노를 억누르며 주먹을 쥔 채 낮게 부르짖었다.

미나의 얼굴은 울상이 되었다.

10.

"씨발, 이게 뭐야!"

미나는 맨투맨 티와 트레이닝 바지를 벗어던지고 거실 바닥에 흐트러져 놓인 팬티와 브래지어를 신경질적으로 몸에 걸치기 시작했다. 맨투맨 티를 벗어던질 때 그녀의 가슴은 분노로 성난 파도처럼 출렁거렸다. 화풀이하듯 원피스를 뒤집어쓰고 올이 터져라 팬티스타킹을 팽팽한 엉덩이 위로 끌어 올리고는 티라노사우루스처럼 쿵쿵거리며 현관 앞으로 걸어갔다. 그러곤 벗어놓았던 하이힐을 아무렇게나 구겨 신었다.

그가 미나의 팔을 붙잡았으나 그녀는 그의 손을 뿌리치고 앙

칼진 소리를 내뱉었다.

"냐, 이 등신아!"

곰 같은 사내가 차지한 침실에선 드르렁드르렁 코 고는 소리가 들려왔다. 바우는 휑하니 입을 벌리고 있는 현관문을 넋 나간 표정으로 쳐다보았다. 프라다 가방 효과도 안하무인격인 아버지의 등장 앞에선 소용이 없었다. 무언가를 간절히 원할 때 온 우주가 도와준다, 하는 말은 결론적으로 공상과학영화나 박씨 일가에서나 통하는 소리였다.

그의 발밑으로 바퀴벌레 한 마리가 마치 비웃기라도 하듯이 기다란 더듬이를 휘저으며 재빠르게 지나갔다. 불행인지 다행인지 그는 벌레를 보지 못했다. 그는 한숨을 내쉬며 거멓게 곰팡이가 핀 천장을 올려다보았다. 그리고 짧게 한마디를 뱉었다.

쉬트!

그날 이후로

황경란

금령은 예나 지금이나 봄이 되면 차밭에 올라 찻잎을 딴다. 지금에야 산 중턱에 정자도 세우고 바위가 닳아 의자 구실을 하고 있지만, 금령이 젊었을 때만 해도 녹차밭에는 마땅히 쉴 만한 곳이 없었다. 금령이 힘겹게 차밭에 오른다고 했을 때 마을 사람들은 감나무를 심어 곶감을 만들어 팔라고 권했다. 하지만 금령은 산에 올라 찻잎을 땄다. 아무리 힘이 들어도 멀리 강물이 내려다보이는 차밭이 좋았다. 찻잎을 따는 봄이 가면, 또 봄을 기다렸다. 겨울은 길고 무서웠다. 더욱이 녹차나무가 눈에 뒤덮일 때마다 금령은 자신의 어린 시절과 마주하는 것 같았다.

이틀 만에 방문을 나서는 오늘 새벽, 금령은 어릴 적 기억을 밀어내려 고개를 가로저었다. 다다미 넉 장 크기의 나무로 지은 막사. 빛조차 들지 않는 방. 알 수 없는 일본말. 요강을 비우기 위해 밖으로 나왔지만 금령을 괴롭히는 기억이 다시 찾아왔다. 마당으로 내려온 금령은 반쯤 열린 대문을 보자 리엔을 떠올렸다. 리엔은 하루에 한 번씩 금령을 찾아와 금령의 이름을 불렀다. 할머니… 금령 할머니. 그렇게 이름만 부르다 돌아간 리엔이었다. 하지만 오늘은 금령을 찾기 위해 방 안으로 들어올 것이다. 금령은 리엔을 생각하며 대문을 활짝 열었다. 리엔은 지난주부터 오늘을 기다렸다. 오늘 있을 수업을 위해 여러 편의 시를 지었다며 금령을 볼 때마다 자랑을 늘어놓았다. 금령은 요강을 마당에 내려놓고 그 위에 돌을 올렸다. 안을 비워야 했지만 빈속에 오줌 냄새를 맡고 싶지 않았다. 이틀 동안 금령이 먹은 거라고는 물과 간장에 비빈 밥 한 공기가 전부였다. 그래서인지 모든 냄새가 역했다. 금령은 마당의 수도꼭지를 틀어 손을 씻었다. 리엔이 오려면 서너 시간 정도의 여유가 있었다. 그전에 차밭에 갔다 와도 늦지 않을 것이다. 금령은 방으로 들어가 가방을 챙겼다. 책과 공책을 가방에 넣고, 필통을 열어 세 자루의 연필과 지우개를 확인했다. 가방을 양어깨에 둘러메자 거울 속으로 금령의 가방이 보였다. 이제 아무리 허리를 펴려고 해도 금령은 허리를 펼 수가 없다. 마루에 걸터앉은 금령의 발이 고무신 코를 건드리자 고무신이 제자리에서 갈팡질팡 흔들렸다. 금령은 천천히 발을 넣었다. 밖으로 나오자 바람이 찼다. 여밀 옷깃이 없자 낡은 스웨터의 보풀만 애써 떼어냈다. 마을은 조용했다. 말하고 있는 건 새벽 공기와 꺾어 신은 고무신이 땅을 끄는 소리였다. 귀 밝은 개가 멀리서 짖었다. 한 녀석이 짖기 시작했으니 서로가 서로에게 짖어댈 것이다. 금령은 고무신을 바로 신었다. 마을을 벗어나자 자갈이 많은 물소리가 났다. 깊지 않은 냇가를 따라 걷다 보면 거짓말처럼 강이 시작된다.

금령은 마을에서 차밭까지 늘 걸어 다녔다. 다원에서 이동 차

량을 보내주는 날도 있었지만 어차피 찻잎을 따는 날은 날씨가 좋은 날이다. 금령은 좋은 날, 이 강을 만나기 위해서 걸었다. 강이 끝나자 바위틈에서 자란 야생 차나무가 밭으로 가는 길을 안내했다. 차밭의 뒤로 또 다른 산이 병풍처럼 둘러쳐 있어 산이, 산을 품었다. 금령은 굽은 허리를 펴가며 자신이 오를 차밭을 가늠했다. 하지만 금령의 굽은 허리는 하늘도, 산을 품고 있는 또 다른 산도, 올려다보지 못했다. 밭에는 금령 외에 아무도 없었다. 곡우도 넘기고 오월 중순이 코앞이니, 첫물차도 아니고 새벽 이슬까지 생각해가며 잎을 따낼 사람은 없었다. 금령이 서둘지 않았어도 사람들은 정오가 가까워질 무렵에야 차밭에 올랐을 것이다. 금령은 녹차나무 앞에 섰다. 찻잎의 머리가 금령의 무릎에 닿았다. 금령은 마디가 굵은 손가락으로 찻잎을 쓸었다. 살아 있는 것들은 거칠지만 따뜻하다. 생기였다. 금령이 한 잎 한 잎 찻잎을 따내자 녹차나무가 작게 흔들렸다. 금령은 찻잎을 따다 말고 멈춘, 그래서 죽은 듯 보이는 강물을 마주 보았다. 강물 위에는 작은 물결이 일렁이고 있을 것이다. 물결은 바람을 따라 오고 가고, 또 가고 왔다. 그렇게 조금씩 제자리에서 벗어나는 강물을 금령은 육십 년이 넘게 바라보고 있다.

한 달 전, 금령이 작은 목소리로 육십 년이라고 리엔에게 말해주었을 때, 리엔은 엄마야! 하며 몸을 뒤로 젖혔다. 정말이에요? 하고 리엔이 되물었을 때, 금령은 대답 대신 고개를 가로저었다. 거짓말이라고 말해주고 싶었다. 거짓말. 그건 사실이었다. 금령은 자신이 이 마을에 온 지, 육십 년 하고 이 년이 지났는지 삼 년이 지났는지 헤아리지 못했다. 금령할머니 그래서 서울 가요? 하고 리엔이 되물었을 때, 무슨, 그래서 가나. 볼일이 있어서 가지, 하고 금령이 말했다. 리엔은 금령의 말이 끝나자마자 금령할머니 서울 간대요.라고 외쳤다. 찻잎을 따던 사람들이 일제히 금령을 쳐다보았다. 그날 이후 마을 사람들은 금령의 볼일을 알아내기 위해 그녀의 주위를 맴돌았다. 금령의 외출은 흔한 일이 아니었다. 금령이 리엔과 한글을 배우기 위해 읍내에 간다고 했을 때에도 마을 사람들은 금령의 주위를 맴돌았다. 누군가 금령의 과거를 기억해내려 했지만 쉬운 일이 아니었다. 사람들은 젊은 금령이 했던 말들 대신 자신들이 물었던 질문을 떠올렸다. 고아? 그럼, 결혼은? 금령은 아무런 말도 하지 않았다. 찾아오는 사람이 없어도 고아는 아니었고, 남편이 없어도 결혼은 했었다. 아무것도 없는 현재이지만 금령의 과거는 복잡했다. 사실 위안부라는 말도 금령은 몇 년 전 TV를 보고 알았다. 그전까지 금령은 자신이 누구였는지 정리하지 못했다. 돈을 벌겠다고 집을 나간 어린 금령이었는지, 하루에 스무 명이 넘는 남자를 상대해야 했던 기막힌 금령이었는지, 부모한테 버림받은 젊은 금령이었는지, 이제는 늙어 죽을 날 기다리는 늙은 금령인지, 자신도 알고 싶었다. 어쨌든 금령은 죽고 싶은 순간이 많고 적음이 살아 있는 명줄과 상관없다는 것을 알고 있다. 다시 오래전의 질문들이 금령에게 쏟아졌다. 작은 파문이었다. 왜 서울에 가는데? 서울에 누가 있나? 금령은 다시 침묵했다. 그렇게 유난을 떨던 마을 사람들은 정작 금령이 언제 서울에 가는지 묻지 않았다. 리엔이, 그런데 언제 가요. 서울? 하고 물었을 때에야 그러게 언

146

제 가는데 서울? 하고 물었다. 금령은 또 다시 침묵했다. 없었던
일로 돌아가는 가장 빠른 길은 침묵이었다. 금령의 서울 나들이
는 이틀 만에 사람들의 관심에서 사라졌다. 금령은 마을 사람들
이 조용해진 후에야 기억을 더듬었다. 서울이 초행길은 아니었
다. 그러니까 청계천. 청이 무슨 뜻인지는 몰라도 개천이라는 말
에 가슴이 뛰었다. 개천을 보러 간다고? 마을 사람들 틈에서 금
령이 처음으로 자기 목소리를 냈다. 그럼 나도 갈란다, 서울. 며
칠 후 마을에 버스가 왔다. 서울로 가는 버스였다. 산 너머로는
처음이었다. 금령은 저 너머에 무엇이 있는지는 알고 싶지 않았
다. 산 너머에 개천이 없을 리 없겠지만, 있다는 생각을 잊고 살
았다. 금령은 용기를 냈다. 흰 자갈 위에 빨래를 말리던 곳, 강둑
바위에 앉아 소꿉놀이를 하던 곳. 그런 개천을 그렸다. 그런 곳
이 서울 한복판에 있다니. 버스는 빨랐지만 금령의 마음을 따라
잡지 못했다. 마음이 세월을 거슬러갔다. 어린 금령이 돈을 벌겠
다며 집을 떠났다. 그것은 손에 들린 작은 보따리만큼 간단한 일
이었다. 너무 추워 가족과 헤어지는 일이 슬픈지도 몰랐다. 희망
에 속았는지도 모른다. 어린 금령은 이틀 동안 기차를 탔다. 퉁
퉁 부은 다리를 주무르는 금령의 손이 빨갛게 얼었다. 나무로 지
은 막사에 도착한 어린 금령은 어째서 사람이 사는 일이 이리 간
단치 않은가, 묻고 또 물었다. 그러다 어째서 사람이 죽는 일은
이리 간단치 않은가,를 늙은 금령은 반복해서 묻고 있다.

버스는 청계천에서 멈췄다. 문이 열리고, 젊은 여자가 버스
에 올랐다. 여자 가이드는 친절했다. 제가 멀리서도 알아볼 수
있게 이걸 목에 걸어주세요. 마을 사람들은 가이드가 건네는 명

찰을 목에 걸었다. 마을 사람들이 가이드의 안내를 받으며 버스
에서 내렸다. 그냥 물길이었다. 아주 오래전, 그러니까 서울이
한양이 되기 전부터 청계천은 있어왔다고 가이드가 설명했다. 원
래는 도성 안의 쓰레기를 배출하는 하수도 역할을 했다는 이야기
와 함께 일제 때 청계천을 중심으로 이쪽은 한국인, 저쪽은 일본
인이 살았다고 덧붙였다. 이쪽도 저쪽도 이제는 모두 높은 건물
들뿐이다. 마을 사람 누구도 가이드의 설명을 귀담아듣지 않았
다. 사람들이 기억하는 건 복개된 계천을 다시 파헤친 누군가의
거대한 힘이었다. 가이드가 힘주어 말하는 것도 그것이었다. 이
제는 옛날과 달리 깨끗한 물이 흐른다고. 그래서 직장인들은 물
론 여행객들에게도 휴식을 제공하고 있다고. 세상에나 서울이 달
리 좋은 게 아니네. 물 나와라 하면 물 나오고, 차 나와라 하면
차 나오고. 누군가 끊임없이 꼬리를 물고 다가오는 차를 보며 감
탄하듯 중얼거렸다. 금령도 신기했다. 이어 물길 위로 시끄러운
음악 소리가 들렸다. 직장인들을 위한 음악회라는, 가이드의 설
명이 음악 소리에 묻혔다. 하나둘 거리의 사람들이 음악회 주변
으로 몰려들었다. 금령은 귀를 막았다. 가이드가 물길을 따라 걸
어보라고 했지만, 금령도 마을 사람들도 음악 소리와 멀어지기
위해 뒤돌아 걸었다. 청계천에는 물보다 사람이 더 많았다. 사람
보다 건물이 더 많았다. 건물보다 차가 더 많았다. 그래서 시끄
러웠다. 서울은 건물과 사람과 차로 이루어진 도시였다. 버스에
오른 사람들은 여기 말고 더 좋은 데를 찾았다. 물과 사람과 건물
과 꼬리를 잇는 차 말고, 시끄러운 악기 소리 말고, 다른 곳. 가
이드는 청계천을 중심으로 두세 군데 더 돌아볼 예정이라고 말했

다. 마을 사람들을 태운 버스가 붉은색 건물 앞에 섰다. 가이드가 손짓으로 창밖을 가리켰다. 저기 맞은편으로 보이는 건물이 일본대사관입니다. 수요일마다 위안부 할머니들이 모여서 집회를 하고 있어요. 가이드의 설명대로 건물 앞에는 노인들이 의자에 앉아 있었다. 금령처럼 나이 든 여자들이었다. 그 뒤로는 교복을 입은 어린 여학생들이 서 있었다. 학생들 머리 위로 커다랗게 새겨진 글자들이 흰색의 천 위에서 깃발처럼 펄럭였다. 노인한 분이 마이크를 쥐고 큰 소리로 외쳤다.

"일본은 위안부 사실을 인정하고, 사죄하라."

버스 안으로 노인들의 목소리가 새어 들었다. 사죄하라. 사죄하라. 금령의 심장이 빠르게 뛰었다. 금령이 육십 년 넘게 숨기며 살아온 일들이 소리 내고 있었다. 금령은 하늘 아래 이런 곳이 있다고는 생각하지 못했다. 그런데, 그런 사람과 그런 곳이 있었다. 금령의 심장이 더 빠르게 뛰었다.

난 군인들이 방에 들어오면 눈을 감아. 얼굴을 안 보면 낫지 않을까. 너는? 난 절대로 눈을 감지 않아. 똑바로 봐야지. 그래야 길을 가다 만나도 때려줄 거 아니야. 그러니까 너도 눈을 감지 마. 아니, 난 그렇지 않아. 내가 그 사람 얼굴을 기억하지 못하면 그 사람도 날 기억 못 할 거 아냐. 내가 여기 있는 거 아무도 몰라야 해.

날이 새면, 해가 지면, 어린 금령은 아이들과 이런 이야기를 했다. 밖에 나가 살 궁리였다. 그러면 심장이 뛰었고, 기분이 좋아졌다. 고향에서 보던 꽃도 보고, 물도 보고, 엄마도 아빠도 어린 동생들도 보고 싶었다. 보고 싶은 게 너무 많았다. 어린 금령은, 금령처럼 어린아이들은, 견뎌내기 위해 눈을 감아도 보고, 눈을 떠서 기억하려고도 해보았다.

마을로 돌아오는 버스 안에서 금령은 대사관 앞에서 본 노인들 중 누가 자신처럼 눈을 감으려 했는지 알고 싶었다. 아니면 누가 눈을 뜨려 했는지 궁금했다. 그러기 위해선 말을, 글을 배워야 할 것 같았다. 상처를 드러내기 위해서 말을 배워야 할 것 같았고, 말을 듣지 못하는 사람들을 위해서 글을 배워야 할 것 같았다.

다시 갈 수 있을까? 서울. 서울을 다녀온 이후 금령은 다시 그곳에 가고 싶었다. 리엔만이 금령을 믿어주었다. 서울, 나도 가봤어요. 서울에서 오빠 만났어요. 그 다음 날 여기 왔어요. 오빠랑. 리엔은 제 나이보다 갑절이 많은 남편을 그렇게 불렀다. 리엔은 요즘 들어 남편의 이야기를 할 때마다 자신의 배 위에 손을 올렸다. 리엔이 산부인과에 다녀온 지 보름이 지난 뒤였다. 리엔, 배가 나오려면 아직은 더 있어야 해. 금령이 리엔의 손을 잡아 내리며 말했다. 그럴수록 리엔은 금령을 향해 배를 내밀었다. 아니에요. 배 나왔어요. 보세요. 이만큼 나왔어요. 리엔이 크게 웃자 고르지 않은 치아가 드러났다. 금령도 리엔을 따라 웃었다. 리엔이 임신했을 때 제일 기뻐한 사람은 리엔의 남편이었다. 신작로를 들어설 때부터 환하게 웃는 그의 모습이 마을 전체를 밝힐 듯 했다. 그날 이후 리엔은 남편과 같이 걷는 일이 잦았다. 남편이 앞서 걸으면 리엔이 그 뒤를 따랐다. 그러다 리엔이 성큼 다가가 남편의 손을 잡았다. 갑작스런 리엔의 행동에 볼이 벌게진 남편은 주변을 둘러보며 리엔의 손을 조심스럽게 놓았다. 리엔이 입을 샐쭉거렸다. 하지만 그때뿐이었다. 리엔은 다시 다가가 남편의 손을 잡았다. 잡고, 뿌리치기를 반복하는 두 사람의 뒷모습에선 갑절이라는 나이 차이도, 리엔이 바다 건너 피부색이 다른 나라에서 왔다는 것도, 드러나지 않았다. 금령은 두 사람의 모습이 보일 때마다 이렇게 말해주었다. 그렇게 살아.

임신을 한 후 리엔은 다원에서 보내주는 버스를 타고 차밭에 올랐다. 그러다 혼자 길을 걷는 금령을 보면 차에서 내렸다. 할머니. 같이 가요. 리엔은 금령의 손에 들린 걸망을 제 어깨에 멨다. 말이 서툰 리엔은 자주 웃었다. 긴 질문이나 대화에는 '예', '아니요'로 짧게 대답했고, 시간이 지나자 '사랑해요'와 '좋아해요' 를 자주 넣어 말했다. 드라마, 한국 드라마, 너무 좋아요. 금령도 가끔 리엔에게 말했다. 그래 리엔, 나도 네가 좋아. 서울에 가면 너한테만은 꼭 말해줄게. 하지만 금령은 아무에게도 말하지 않았다.

이틀 전 새벽, 금령은 무작정 집을 나섰다. 한 시간을 넘게 기차를 기다리는 동안 금령은 사시나무 떨듯 몸을 떨었다. 좋은 생각만 하자던 마음이 기어코 사라졌다. 청계천을 처음 보던 날, 금령은 대사관 앞에서 노인들이 소리치는 소리를 들었다. 마이크가 이 사람 손에서 저 사람 손으로 옮겨질 때마다 소리는 점점 커졌다. 하지만 거리의 사람들은 들으려 하지 않았다. 그래서였을 것이다. 듣지 못하는 사람들은 눈으로 보세요. 노인들 머리 위로 금령이 읽지 못하는 글자들이 흰색의 천 위에서 흔들렸다. 빨강, 파랑, 검정의 글자들은 금령에게 그림이었다. 느끼고 싶어도 느낄 수 없는 것이 글자였다고 금령은 리엔에게 말했다. 그래서? 금령 할머니도 리엔이랑 같이? 리엔이 오빠와 아이를 위해서 한글을 배우겠다고 했을 때 금령은 리엔에게 같이 배우자고 말했다. 그래, 나도 같이. 그렇게 금령과 리엔은 한글을 배웠다. 한글, 베트남말보다 쉬워요. 그러니까 한글 예쁜 떡 같아요. 수업 첫날 리엔이 한글이 맛있게 생겼다고 말하자, 맛있게 생겼으니 많이 먹고 빨리 배우라는 선생님의 농담에 모두가 웃었다. 금령은 모든 게 신기했다. 책상도 의자도 네모반듯한 교실도. 칠판을 보고 앉은 금령은 예뻤다. 주름이 펴지고, 눈동자가 커졌다. 하지만 금령은 제 얼굴을 보지 못했다. 칠판에 그려지는 자음과 모음이 헷갈렸지만, 금령은 그리고 또 그렸다. 자음과 모음은 언제나 헷갈렸다. 어째서 자음이 모음보다 많은가? 금령이 물었다. 지나가던 선생님이 금령의 옆에 앉았다. 그건 자음이 자식이고 모음이 엄마라서 그래요. 엄마가 자식을 낳잖아요. 많이. 뭐… 많이 나올 수도, 적게 나올 수도 있지만 여기서 모음은 자식을 많이 낳았어요. 그래서 자음이 많아요. 모음보다. 교실 안이 조용해졌다. 자음과 모음이 엄마와 자식 간이었다니. 글자는 귀한 것이었다. 함부로 그려서도 함부로 배워서도 안 되는. 하지만 리엔에게 자음과 모음은 중요하지 않았다. 편지 쓸 거예요. 오빠한테. 술 먹지 말라고. 그리고 사랑한다고. 리엔은 빨리 한글을 배워 자신보다 나이가 갑절이 많은 남편에게 편지를 쓰겠다고 했다. 그리고 말만 할 줄 알면 안 된대요. 오빠가 그러는데 글을 알아야 아이를 가르칠 수 있대요. 저는 말도 잘하고 글도 잘 쓰고 싶어요. 지금 쓸 수 있는 글자는 제 이름과 오빠 이름밖에 없다는 리엔은 오 개월이 지나자 복도에 걸린 '다문화 가정을 위한 방안'이라는 글자를 읽어냈다. 그런데, 저런 거 싫어요. 이제 여기가 제 고향이에요. 그래서 저런 거 싫어요. 금령은 리엔의 뜬금없는 말에 걸음을 멈췄다. 하지만 리엔은 계속해서 말을 이었다. 엄마가 그랬는데, 아이 낳고 살면 거기가 고향이랬어요. 그러니까 우리도 한국 사람들이랑 똑같이 해주면 돼요. 왜냐하면… 이제 여기가 우리의 고향이니까요. 말을 마치고 힘차게 교실로 들어가는 리엔이었지만 금령은 분명 리엔의 목소리가 떨려오는 것을 느꼈다. 먼저 들어간 리엔이 생글거리며 자리에 앉았다. 금령이 옆에 앉자 리엔이 서둘러 말했다. 그러니까, 문장. 선생님이 오늘부터 문장을 배운댔어요. 그날 금령과 리엔이 문장을 짓기 위해 배운 단어는 모래와 모레였다. 녹차밭 아래로 흐르는 강에는 모래가 많았다. 밤이면 외지 사람들이 모래를 훔쳐갔다. 군청에서 모래를 지키기 시작했다. 셀 수도 없는 모래를 사람들이 지켰다. 금령은 모래가 모레보다는 나은 글자라고 생각했다. 모레는…. 금령은 생각해본 적이 없다. 어린 시절 금령은 다다미 넉 장 크기의 방에서 살았다. 나무로 지은 막사는 열다섯 개의 좁은 방이 붙어 있었다. 엉성하게 짜 맞춘 나무 틈으로 신음 소리가 새어 들었다. 아이들의 신음 소리는 앙칼지지 못했다. 낮게 그러다 끙끙 앓는 소리로 변했다. 그 소리를 관통하며 눌러대는 또 다른 소리가 있었다. 남자들이 내는 신음 소리였다. 금령이 누운 방바닥까지 들썩이게 만드는 소리. 귀를 막을 수도, 입을 다물 수도 없는 상황을 금령은 견뎌냈다. 그리고 밤마다 꿈을 꾸었다. 꿈속에서 다다미방이 꼬리에 꼬리를 물었다. 빙그르 방이 방의 꼬리를 잡았다. 그 순간 아이들이 방에 불을 붙였다. 활활 타오르는 불 속으로 아이들이 뛰어들었다. 그렇게라도 죽을 수 있다면 죽고 싶었다. 꿈에서 깬 방은 어두웠다. 너무 어두워 방이 좁은 줄도 잊었다. 날이 밝으면 죽을 거야. 그렇게 다짐하며 새벽을 기다렸지만 날이 밝자마자 일본 군인이 거칠게 문을 열었다. 죽을 시간도 없었다. 어쩌면 죽어 있던 시절이었는지도 모른다. 중요한 건 그런 것이 아니었다. 금령은, 살아 있는 아이들은, 살아가야 할 이유를 그렇게 만들었다. 그게 모레가 아니었을까? 내일이 아닌 모레는 집에 갈 수 있다는. 금령은 칠판에 적힌 모레를 공책에 그려 넣었다. 칸이 작아서 밖으로 벗나갔다. 'ㅐ'와 'ㅔ'에 대한 설명이 이어졌다. 말할 때는 똑같이 들리지만 적을 때는 다르게 적어야 하는 것들이 있어요, 하는 말과 함께 '내'와 '네'가 '래'와 '레' 밑에 다시 적혔다. 금령에게는 의미 없는 글들이었다. 'ㅐ'를 옮겨 적은 공책을 내려다보며 금령은 제집으로 가는 길을 생각했다. 저렇게 곧장 걷다가 중간에 골목으로 들어가면 내 집인데. 그렇다면 'ㅔ'는 작은 시냇물. 냇가 밑으로 저렇게 물이 흐르지. 도대체 말과 글은 어디에서 오는 것일까. 말하는 모든 것을 적어내는 게 글이라면, 이런 글을 아무나 배워도 되는 것일까. 금령은 등을 꼿꼿이 펴고 앉아 있는 리엔을 쳐다보았다. 리엔이 웃고 있었다. 리엔은 저렇게 환하게 웃으면서 서울 가는 기차 시각이라고 금령에게 적어주었다. 금령이 천천히 눈으로 읽었다. 서울 가는 기차가 하루에 여섯 번.

　며칠 후, 아무도 모르게 집을 나선 이틀 전 수요일. 청계천은 여전했다. 금령은 기억을 더듬었다. 다른 건 몰라도 잔디가 깔린 광장은 기억났다. 나무도 처마도 없는 잔디밭을 사람들은 광장이라고 불렀다. 금령은 잔디밭을 가로질렀다. 금령의 고무신이 잔디밭에 파묻혔다. 고무신을 감싼 잔디가 금령의 발목을 간질였다. 일본대사관에 갔다 온 이후, 금령은 노인들이 들고 있는 글자를 읽고 싶어 리엔과 한글을 배웠다. 금령은 서둘러 걸었다. 잔디밭을 나와 횡단보도를 건너 나무 사이를 걸었다. 바람이 불었고, 이마에 땀이 맺혔다. 금령의 손이 가늘게 떨렸지만 누구도 그녀가 위안부라는 것을 알지 못했다. 금령은 택시를 잡았다. 택시는 사람들을 지나 차들을 지나 건물들을 지나 일본대사관 앞에 섰다. 금령은 걸음을 멈췄다. 지난번처럼 노인들이 마이크를 손에 쥐고 소리치지 않았다. 대신 노인들 머리 위로 선명하게 새겨진 글자들이 흔들렸다. 글이, 소리가 되어 금령에게 말했다.

우리는 쉽게 죽지 않는다.

말이, 글이, 사라진 순간을 금령은 잘 알고 있다. 알아들을 수 없는 일본말이 들려왔을 때, 어린 금령은 겁에 질렸다. 이틀 동안 기차를 탔으니 먼 곳이라고 생각했다. 그렇다고 내 나라말이 사라질 정도로 먼 곳일 줄은 몰랐다. 이해할 수 없는 말은 수수께끼였고, 근심이었고, 치욕이었다. 일본 군인들이 무슨 말을 하던지 금령은 웃어야 했고, 고개를 끄덕여야 했다. 그렇게 웃고, 고개를 끄덕이길 반복한 탓일까. 어린 금령은 죽지 않았다. 그리고 그날 이래로 여전히 금령은 살아 있다.

금령은 일본대사관 앞을 뒷걸음질로 돌아 나왔다. 이내 주변이 조용해졌다. 금령은 택시가 지나왔던 길을 되돌아 걸었다. 사람들이 광장이라고 부르는 잔디밭으로 돌아온 금령은 눈 위에 찍힌 제 발자국을 찾아 걷듯 어정어정 걸었다. 여전히 거리의 누구도 금령이 위안부라는 사실을 알지 못했다. 두둑, 두둑. 잔디 위로 빗방울이 떨어졌다. 이미 하늘은 잿빛이었다. 사람들이 서둘러 뛰기 시작했다. 금령도 비를 피해야 했다. 하지만 숨을 곳이 없었다. 광장은 나무도 그늘도 처마도 없었다. 그런 곳이 광장이었다. 사람들이 순식간에 사라졌다. 다들 어디로 도망친 것일까? 금령도 숨고 싶었다. 하지만 어린 시절의 금령처럼 그곳에는 숨을 곳이 없었다. 비에 흠뻑 젖은 금령의 몸이 그대로 드러났다. 축 처진 젖가슴이 빗물처럼 흘러내렸다. 금령이 자신의 봉긋한 가슴을 억세게 주무르던 손길을 생각한 건 그 순간이었다. 금령의 젖가슴도 한때는 예뻤다. 드러누워도 탐스럽게 솟는 가슴이었다. 그 가슴이 늘어져 볼품없는 가죽으로 남은 동안 금령은 하나도 얻은 게 없다. 얻은 게 있다면 자신을 버린 가족과 셈할 수 없는 제 나이이다. 금령이 횡단보도 앞에 서자 빗줄기가 더욱 거세졌다. 순식간에 사라진 사람들이 어느새 금령의 옆으로 다가와 섰다. 하지만 누구도 금령에게 우산을 받쳐주지 않았다. 금령은 일본대사관 앞에서 본 글을 떠올렸다. 소리가 되어 다가온 글은 오래도록 기억에 남았다. 어째서 글이 'ㅐ'와 'ㅔ'를 구분해야 하는지 알 것도 같았다. 글은 자신의 개 같은 과거를 대신해야 했고, 젖가슴을 주물러대던 거친 군인들의 손길도 표현해야 했다. 또한 귀국선을 타러가던 날 죽은 일본 군인의 얼굴을 짓이겨대던 자신의 마음도 기록해야 했다. 피 묻는 손으로 남자의 얼굴을 짓이겼을 때 군인은 아픔을 느끼지 못했다. 그는 죽었고, 금령은 살아 있었다. 어째서 이 사람은 살아서도, 죽어서도 아픔을 모르는가. 이건 너무 불공평했다. 금령은 울고 또 울었다. 끝이라고 생각하니 좋아서 울었고, 왜 군인처럼 죽지 못했는가를 생각하니 슬퍼서 울었다. 금령은 자신이 기억하는 것이 글이 되고, 글이 소리가 되는 상상을 하며 집으로 돌아왔다.

마을에 도착하자, 젖은 몸이 마르기 전에 다시 비가 내렸다. 녹차밭을 지나 강길을 따라 걸었다. 집에 들어선 금령은 이틀 동안 방 안에서 꼼짝도 하지 않았다. 밤이면 어두운 방이었고, 해가 뜨면 환한 방이었다. 어둠 속에서의 방은 좁았고, 빛이 들어오는 방은 컸다. 금령은 알고 있었다. 좁고 초라한 것은 방이 아닌 금령이 먹어가는 나이라는 것을. 어린 시절의 금령은, 기억해내고 싶지 않은 시절의 금령은, 죽고 싶었다. 하지만 거기서는 싫었다. 나무로 지은 다다미 넉 장 크기의 방에서는 싫었다. 그래서 다시 새벽을 맞은 어린 금령은 어떤 날은 방이 너무 커서, 어떤 날은 방이 너무 작아서 죽지 못했다고 말했다. 또 어떤 날은 막사 입구에 걸린 간판의 글씨가 예뻐서이기도 했다. 금령은 일본 군인과 간판 앞에서 사진을 찍었다. 사진을 찍기 전 금령은 화장실에 앉아 있었다. 문틈으로 간판의 반쪽이 보였다. 부드럽게 휘어진 글자의 곡선을 따라 금령의 시선이 밑으로 내려갔다. 그때였다. 거칠게 화장실 문이 열리고 일본 군인들이 금령을 내려다보았다. 그들이 보고 있는 것이 금령의 굳은 얼굴이었는지, 쪼그려 앉은 어린 금령의 밑이었는지 기억나지 않는다. 그 순간 금령은 움직일 수 없었다. 겁에 질린 금령은 저를 보고 있는 군인들을 따라 웃었다. 군인 하나가 금령의 손을 잡아끌었다. 밖으로 끌려 나온 금령은, 저고리만 입은 채 거웃이 그대로 드러난 금령은, 그렇게 사진에 찍혔다.

집으로 돌아온 금령은 일본대사관 앞에서 깃발처럼 펄럭이던 글자를 떠올렸다. 그런 글을 짓고 싶었다. 금령은 엄마와 자식 사이라는 자음과 모음을 떠올렸다. 자음과 모음이 만나 글이되고, 글이 소리가 되고, 소리가 생명이 되는. 그렇게 오래 살 수 있는 글이어야 했다.

아침 햇살이 산 능선에 이끼처럼 자란 녹차밭을 훑고 내려왔다. 이내 금령의 등을 따뜻하게 감쌌다. 금령은 닳아 의자가 되어버린 바위에 앉았다. 바위틈으로 올록볼록 솟은 녹차나무가 서로를 의지하고 있다. 금령은 녹차나무의 잎들을 연결하기 시작했다. 가까이 맞닿은 나무를 연결하자 모음이 만들어졌다. 이제는 자음 차례였다. 자음은 복잡했다. 많게는 여섯 그루의 나무가 필요했다. 금령은 여러 개의 녹차나무를 이어 선을 만들었다. 서서히 금령이 써 내려간 글자들이 빛을 내기 시작했다. 구름 한 점 없는 하늘에서 녹차밭을 훤히 비추는, 그래서 있는 그대로 초록빛을 내는 글자들이었다. 금령은 자신이 써 내려간 글자를 소리 내어 읽었다.

이제 눈이 와도 너는 자유란다.

금령은 천천히 몸을 일으켰다. 아침 해가 녹차밭을 비추기 시작했으니, 리엔이 금령의 집에 들렀을 것이다. 리엔은 금령보다 한글을 배우는 속도가 빨랐다. 드라마, 한국 드라마 리엔 많

이 봐서 그래요. 금령은 지난주에 배운 글자를 떠올렸다. 지난주
에는 생선 가게에 갔다. 가게에서 게를 샀고, 오는 길에 개를 만
났다. 금령은 개와 게의 차이를 이해했다. 금령의 입가에 미소
가 번졌다. 그때였다. 멀리 강을 등지고 리엔이 올라오고 있었
다. 녹차밭의 이랑을 오를 때마다 리엔의 몸이 강물에서 솟아올
랐다. 리엔이 걸음을 빨리했다. 리엔도 금령을 알아본 듯했다.
리엔이 한 손을 치켜들고 흔들었다. 안녕. 들리지 않아도 금령은
들었다. 금령도 손을 들었다. 안녕. 리엔이 멈춰 서서 금령의 위
치를 확인했다. 리엔이 길을 바꾸자 둘은 서로를 마주 보고 걸었
다. 강물을 등지고 걷는 리엔의 숨소리가 들리는 듯했다. 금령은
리엔을 향해 천천히, 천천히, 하고 말했다. 리엔이 걸음을 멈추
고 양손으로 허리를 받치고 섰다. 이제는 멀리서도 리엔의 불룩
한 배가 보였다. 금령과 리엔이 정자 앞에서 만났다. 금령 할머
니… 서울 갔었어요? 리엔이 물었다. 금령은 리엔의 팔을 잡으며
고개를 끄덕였다. 리엔은 금령의 얼굴을 오래도록 쳐다볼 뿐, 서
울에 대해서도 이틀 동안 무엇을 했는지도 묻지 않았다. 집에 불
이 꺼져 있어 서울에 간 줄 알았다고 그렇게만 말했다. 금령과 리
엔이 나란히 산을 내려갔다.

베트남에도 차밭 많아요. 여기보다 훨씬 커요. 리엔은 할 말
이 없을 때마다 고향의 차밭에 대해서 이야기했다. 높아요. 여기
보다 훨씬 높아요. 하지만 저기처럼 물은 없어요. 거긴 비가 많
이 오거든요. 리엔이 하늘을 올려다보며 말했다. 고향의 넓은 차
밭을 자랑하는 리엔이었지만 찻잎을 따는 리엔의 손놀림은 느렸
다. 베트남선 천천히 따요. 여기는 너무 빨라요. 애들도 아파

요. 그래서 천천히 따야 해요.

차밭을 알리는 다원의 푯말을 지나자 강의 입구가 시작됐다. 리엔은 오늘 읽을 시를 보여주겠다며 걸음을 멈췄다. 리엔의 가방에도 금령처럼 책과 공책과 필통이 들어 있다. 리엔이 공책을 꺼내 한 장 한 장 넘기기 시작했다. 리엔이 한글을 떡 같다고 한 이유도 공책의 칸에 있었다. 베트남에선 이렇게 네모난 공책 없어요. 긴 줄. 그 위에 글 써요. 한국 공책. 한국 떡 같아요. 그날 이후 금령도 떡에 속을 집어넣듯 글씨를 썼다. 맛있는 생각이었다. 공책을 뒤지는 리엔을 뒤로 하고 금령은 강물의 물결이 밀려올까 제 키만큼 떨어져 걸었다. 리엔이 금령의 옆에 다가와 섰다.

"나는 당신을 사랑합니다. 그래서 당신도 나를 사랑하지요."
리엔의 시였다. 리엔이 다시 읽었다.

나는 당신을 사랑합니다.
그래서 당신도 나를 사랑하지요.

묻지 않아도 리엔이 누구를 생각하며 지었는지 금령은 알았다. 금령은 글이 소리를 달았다며 리엔의 손을 잡아주었다.

초판 1쇄 발행 2017년 9월13일

지은이 김경은 박정윤 안종수 이상락 이상실 조혁신 황경란
펴낸이 황규관

펴낸곳 도서출판 삶창
출판등록 2010년 11월 30일 제2010-000168호
주소 04149 서울시 마포구 대흥로 84-6, 302호
전화 02-848-3097
팩스 02-848-3094
홈페이지 www.samchang.or.kr

ⓒ이상락 외, 2017
ISBN 978-89-6655-088-3 03810

＊이 책 내용의 전부 또는 일부를 재사용하려면
반드시 지은이와 삶창 양측의 동의를 받아야 합니다.
＊책값은 뒤표지에 표시되어 있습니다.
＊이 책은 인천광역시, (재)인천문화재단, 한국문화예술위원회 지역협력형사
업으로 선정되어 발간하였습니다.